ファン文庫

あやかしトリオの
ごはんとお酒と珍道中

幻月夜のひと騒ぎ

著　桔梗楓

マイナビ出版

目次

あやかしトリオのごはんとお酒と珍道中

幻月夜のひと騒ぎ

桔梗楓
KAEDE KIKYO

第一章　河童が選ぶおくりもの

二月十六日、雪が降る――。

これが出勤日なら、飯田朋代は不満たらたら、雪に文句を言いつつハガミの朝ごはんを食べて、滑り止めのついた長靴を履き、会社用のローファーを紙袋につっこんで、転ばないようにおっかなびっくり出勤するのだが、今日は幸い有給休暇を取っていた。

会社に行かなくて良い日の雪は、むしろ好きな部類に入る。窓に映る雪景色を眺めて、昼から熱燗を一杯なんて、最高に贅沢な時間の使い方ではないか。

「というわけではーくん、熱燗ちょうだい！」

「何を言っておるのだ、たわけめ」

洗濯物をランドリーバッグに詰めながら、ハガミが心底呆れた声で言う。

彼は朋代と共に暮らしている妖怪『天狗』だ。普段は赤い天狗の仮面を顔に張り付けて――本人曰く、これが正真正銘の『顔』だそうだ――、黒い作務衣に割烹着を着ていることが多い。

「それよりほれ、どうせ今日は遥河たちが来るまで暇なのだろう。近くのこいんらんどりーに、これを持っていってくれぬか」

「ええ〜！　この雪の中、コインランドリーに行けと⁉」

「外に干せぬのだから仕方ないであろう。部屋干しはどうしても匂いが気になるのでな」

「うう、確かに、あの生乾き特有の匂いは私もキライだけど」

「折角近くに文明の利器があるのだ。おおいに利用しなくてはな」

　ハガミは最近、めきめきと近所の便利なお店に詳しくなっている。ここに住み始めたころはコインランドリーの存在など知らず、悪天候の日の洗濯物は家で干すものと思い込んでいたのに。

　きっと情報源は商店街で仲良くなった主婦たちだろう。ハガミは近所の商店街で、ちょっとした人気者なのだ。ちなみにその時は人間に擬態しており、黒い短髪の厳ついい中年男性という姿である。わりと顔が整っているので、商店街の奥様方にとっては良い目の保養らしい。

「それならマツミくんが人間の姿になって行ってくれたらいいのに〜」

　脱水したばかりの洗濯物は水分を含んでいるので結構重い。ランドリーバッグを肩に背負いつつ、朋代は不満たらたらでソファのほうを見た。するとそこには、ふわふわの毛布を何層もかけてぬくぬく暖を取るアラヤマツミが見える。

頭に金色の細いラインが三本ついた黒い細蛇。彼は元々、とある山を守っていた神様だった。今は朋代の家に居候している、ハガミと同じ同居人だ。

「……あれ？　マツミくんがゲームもしないでひたすら温まってるの、珍しいね」

いつもだったら、お気に入りの寝床で優雅にとぐろを巻いて、テレビゲームやスマホゲームに興じているのに。今日のマツミは小刻みに震えていた。

「昨晩は底冷えする寒さだったのじゃ〜。夜は暖房も止めておるし、すっかり身体が冷えてしまったのじゃ！」

丸い頭だけにょきっと出しているアラヤマツミがぷるぷる震えながら言う。

「マツミくんがこんなに寒がるの、めずらしいね」

蛇だけに暑さも寒さも弱いのかな、と思ったが、朋代は口を閉じる。

彼はあくまで神様であり、変温動物の蛇ではないのだ。なので蛇扱いすると怒る。しかし神様にしてはやけに暑さ寒さにうるさくて、そういうところがやっぱり蛇っぽい。

「夜間の暖房は危ないですからなあ」

ファンヒーターを見てから心配そうにアラヤマツミに言うハガミ。

「どうでもいいけどマツミくん、ひ弱すぎない？」

「我は神ゆえ、それはそれは繊細な身体を持っているのだ。気候に敏感なのじゃ！」

「へー。じゃあホットカーペットでも敷いてみよっか？」

朋代は以前ペットショップに寄った時に見つけたペット用床暖房マットを思い浮かべながら提案する。口にしたら『我をペット扱いするな！』と怒るのが目に見えているので、余計なことは言わぬが花なのだが。

「そのように便利なしろものがあるのなら是非に！　はよう導入するのだ朋代！」

「はいはい。じゃあ今度、買っとくね」

「では朋代、こいんらんどりーは頼んだぞ。我は風呂掃除に行く」

話がまとまった頃合いでハガミがそう言い、洗面所のほうに歩いて行く。朋代は「は～い」と返事して、コインランドリーに向かった。

今日、朋代が有給を取ったのは他でもない。配置薬の配達に、河野（かわの）遥河と伊草麻理（いぐさまり）がやってくるからだ。いつも事前に連絡をくれるため、有休が取れそうな時は積極的に取っている。どうせ他の理由で休暇を取る予定はほとんどないし、有休消化はある程度はしろと会社から通達されているため、ちょうど良いのだ。

午前中に家の雑用を片付けて、ハガミが昼食の用意をし始めるころ――。

ピンポーン、とチャイムが鳴った。

「あ、来たかな」

朋代がインターフォンに出ると、案の定、モニターには河野と麻理の顔が映っていた。すぐに玄関へ走って、ガチャリとドアを開ける。

「いらっしゃい～」

笑顔で迎え入れると、ふたりは肩についた雪を払いながら「こんにちは」と挨拶した。

「雪の中、大変だったでしょ。上がって上がって」

「はい、お邪魔します」

河野が先に上がって、麻理も続く。

「お昼ごろには雪も落ち着くって天気予報では言っていたんですけど、逆に酷くなっていますね。道路を走っていると、ちょっとした吹雪みたいになっていましたよ」

黒いコートを脱ぎながら、河野が苦笑いをする。

彼は河野遥河。黒い中折れ帽がトレードマークの置き薬屋だ。

穏やかな微笑(ほほえ)みが似合う美形男性なのだが、その正体は、妖怪の河童なのである。

その帽子も、頭の皿を隠すために常に被っているということらしい。

「視界が悪くなると、皆スピードを落として走るから、すごく混むんですよね。到着が遅くなってすみませんでした」

続いて謝る麻理に朋代は「いいのよ」と軽く言って、ふたりのコートを受け取り、ハンガーにかけた。

彼女は伊草麻理。河野と同じ配置薬専門の会社の営業で、彼の後輩で部下にあたる。最近はひとりで顧客を回ることも多いようだが、朋代の家にはいつもふたりで来てくれる。穏和な笑顔にほっこり癒やされる、朋代にとって今や妹のような存在だ。彼女は河野やハガミが妖怪であることも、アラヤマツミが神であることも知っている、いわば朋代たちの『仲間』のひとりである。

「昼がまだなら、ここで食べていくか。うどんにするつもりだが」

「いいですね。私、おうどん好きです！」

キッチンからハガミが声をかけた。麻理が嬉しそうに手を上げる。

「ハガミさんのごはんですか。楽しみですね」

河野も微笑み、こたつに入った。そしてふと、きょろきょろと辺りを見回す。

「そういえば、先ほどからアラヤマツミ様の姿が見えませんが……」

「そこにいるよ」

朋代もこたつに入って、ちょいちょいとソファの近くを指さす。

「……折りたたまれた毛布とブランケットが何重にも重なってる、こんもりした山ならありますけど」

「河野さん、そこですよそこ。ほら、頭が見えます」

彼の隣に座った麻理が山になった毛布の一番下を指で示した。

「本当だ。頭だけ出てますね。あまりに小さいから見逃していました。というか重くないんですか？」

「ゲームしてないアラヤマツミ様なんて初めて見るかも。よっぽど寒いんですね」

びっくりした様子の河野と、心配そうにアラヤマツミを見つめる麻理。

「うむ。ふたりともよく来た。どうにも今日は昼になっても寒いのだ。そろそろ外に出ても大丈夫とは思うのだが」

「マツミくん。ここならあったかいんじゃない？」

朋代は、石油ファンヒーターの近くにカゴを置いて、中にブランケットを敷いた。アラヤマツミはゆっくりと身体を動かし、にょろにょろと毛布の山から出てくる。

「ふぅ〜。ここならぬくぬくじゃ。朋代よ、気が利くのう」

「ファンヒーター付近は危ないから、あんまり長居するのはダメだけどね。河野くんたちが来ている時間くらいはいいでしょ」

「ええ。僕がここに来るのはアラヤマツミ様の健康チェックも兼ねているんですからね。

ちゃんと姿を見せてくれないと困ります」

河野がこたつから出て、アラヤマツミのいるカゴの近くへ移動する。そしてジッと彼の目を見たり、指で胴を撫でてうろこの調子を確かめたりした。

「――アラヤマツミ様、以前僕が言ったこと、覚えていますか？」

低い声で訊ねる河野。なぜか部屋の温度が十度くらい下がったような寒気を覚えて、朋代はぶるっと身震いした。麻理を見ると、彼女は河野の背中を見つめて苦笑いしている。

(あ、これ、河野くん怒ってるわ)

麻理は『またはじまったなあ』と呆れて苦笑いしているのだろう。

明らかに様子の変わった河野に、アラヤマツミは目をうろうろさせて挙動不審になり、きゅっととぐろを巻き、顔を隠してしまう。

「な、なんだったかのう……」

「朝に白湯を飲んでくださいねって、言ったんですよっ」

河野はアラヤマツミのとぐろの中心に手を突っ込み、わしっと彼の頭を摘まみ上げる。

「きゅ～！　白湯は苦手なのじゃ～！」

「身体が冷えているのは、冷たい水や酒ばかり飲んでいるからですよ。せめて常温にして飲んでください！」

「ぬるいのは嫌なのじゃ！　夏でも冬でもきりりと冷たいのを飲まないと、飲んだ気にならんのじゃ！」

「そんなこと言ってたら、いつまで経っても極度の冷え性が治りませんよ。それからアラヤマツミ様、明らかに運動不足です。前より胴体の筋肉が柔らかくなっていますよ。筋肉は体温を作り出す大切な要素なんです。腹筋くらいしてください」

「わ、我は神であるぞ。神に腹筋などありはせぬっ」

「神様も腹筋くらいあります。階段の上り下りを繰り返すだけでもいい運動になるんですよ。いいからやってください。それから目の充血も酷い。ゲームのやりすぎです！」

がみがみ怒る河野に、朋代も苦笑いになってしまった。彼は仲の良い知り合いの体調を見て回っているのだが、心配性な性格ゆえ、アラヤマツミのように河野の忠告を聞かずに好き放題やってる者にはとにかく厳しいところがある。

逆に、彼の話をきちんと聞く麻理にはとても優しいのだが。

(そういえば、このふたり。いつになったら仲が進展するのかしら)

アラヤマツミと河野の言い合いを聞き流しながら、ふと朋代は考える。

なんというか、間違いなく仲は良いと思うのだ。息もぴったりだし、河野が麻理に見せる優しさは、他の者への優しさとちょっと違う気がするし、麻理は河野が河童だということを知っている上で彼を理解し、何かと気遣っている。

こう……あと一歩お互いが踏み込んだら、いい感じの仲になりそうなのに。

ふたりとも、なかなかその一歩を踏み出さないというか。

時々朋代はじれったくなってしまう。恐らく雪乃（ゆきの）や椿（つばき）あたりも同じように思っているだろう。

朋代がこたつテーブルに頬杖をつき、河野と麻理を交互に見ていると、ふわんとかつおだしのいい匂いがした。

「うどんができたぞ。今日は寒いのでな、鍋焼きうどんにしてみたぞ」

お盆に料理を載せて、ハガミがやってくる。

こたつテーブルに鍋敷きをみっつ敷いて、その上に一人前の土鍋を置き並べた。

「わあ、豪華ですね」

麻理がわくわくした面持ちでお箸とレンゲを持つ。説教タイムを終えた河野も、改めてこたつに入った。

「アラヤマツミ殿には、これを作っておいた」

「ぬる燗！　ま、まあ、ぬるま湯よりはましかのう……」

アラヤマツミがしぶしぶ、湯のみに入ったぬる燗を飲み始める。

「では私たちもいただきましょうか！　いただきまーす」

朋代は早速ぱかっと鍋の蓋を開けた。ほわっと湯気が立って、白い靄が晴れたところにぐつぐつと泡立つ温かそうなうどんが見えた。

箸でうどんを取り、何度か息を吹きかけて、ずるっとすする。

「うう～ん、おいしいっ」

朋代は思わずぷるぷる身を震わせる。やっぱり寒い雪の日には温かい鍋焼きうどんがぴったりだ。具は、ゆでたほうれん草と天かす、かまぼこ、そして落とし卵とたっぷりの刻み葱。

「おだしがよく出ていて、身体があったまりますね」

麻理もおいしそうにはふはふ食べていた。河野はレンゲでだしをすくい、ずずっとすする。

「たっぷりの葱に、摩ったショウガも入っていて、風邪予防にもなりそうですね」

先ほどまで怒っていた河野も上機嫌だ。アラヤマツミがちょっぴりホッとした様子を見せて、ぬる燗をちびちび飲む。

「この時期はまだまだ寒いのでな。朋代には風邪を引いてほしくないし、何かと気を遣うのだ。日々の料理で少しでも免疫力を上げてやりたいのだがな」

自分のぬる燗も作ったハガミが、アラヤマツミの近くに腰を下ろして湯のみを傾ける。

「そうですねえ。免疫といえば……麹（こうじ）を使った料理はおすすめですよ。ご存じですか？」

「おお、麹料理は聞いたことがあるぞ。てれびの料理番組でも、時々紹介していたな」

河野はずるずるうどんをすすりながら、説明した。

「麹に限らず、発酵食品というのはお腹（なか）の中の細菌を活性化させて、免疫細胞の働きを助ける役割を持っているんです。これを食べれば絶対風邪を引かない……というわけではありませんが、摂らないよりは摂ったほうがいい食品ですね」

「あ、聞いたことある。腸活（ちょうかつ）っていうんだよね」

テレビや雑誌、インターネットなどでちょくちょく目や耳にする言葉だ。毎日ヨーグルトを食べるとか、味噌汁を飲むとか、積極的に発酵食品を口にすることを指す言葉である。

「毎日決まったものを食べるっていうの、私はちょっと苦手なんですよね。やってみたことはあるんですけど」

落とし卵を割って、とろっとした黄身にうどんをくぐらせて食べていた麻理が、思い出したように言った。

「毎朝パンを食べるわけじゃないからヨーグルトを毎日食べることができなくて、熱いお味噌汁を飲むのも、夏になると辛くなるし、納豆は買い忘れることも多いし。続かなくなると『ああもういいや～』ってなっちゃうんです」

「伊草さんは真面目な気質だから、自分で決めたことが続かなくなると諦めてしまうんだろうね。でもそんなに難しく考えることはないよ」

　河野が麻理に笑いかける。

「身体にいいからって毎日摂らなきゃいけないわけじゃないと僕は思うんだ。何でもバランスよく食べるのが一番だからね。それに料理次第だと思うよ。例えば味噌なら、田楽として食べるのもありだし、夏は冷や汁って手もある」

「あっ、そうですね。味噌料理って意外とバリエーションがありますもんね」

　納得した様子の麻理に、河野は頷きつつ、うどんを食べ終えた。

「麹も万能調味料と思えば使いやすいんじゃないかな。例えば卵焼きの味付けに使うだけでもおいしくなるし、お肉に揉み込めば柔らかくなる。味に飽きたらまた別の発酵食品を使ったらいい話だからね」

「ふむふむ。臨機応変というものだな。勉強になる」

ハガミがメモ帳にさらさらと書き込んだ。ちなみに達筆である。

「確か、ヨーグルトも朝食に食べるだけじゃなくて、お料理にも使えるのよね」

一時期、ヨーグルト料理が流行ったことがあったなあと思い出しつつ、朋代は言った。

「ええ、ヨーグルトもお肉を柔らかくする効果があるんです。鶏肉を、ヨーグルトとカレースパイスを混ぜたものに漬けて焼くと、タンドリーチキンになりますよ」

「うわ、おいしそう。それ今度作ってみます！」

麻理もうどんを食べ終えて、にっこり河野に笑いかけた。

「ハガミさん、ごちそうさまでした。とても美味しかったです」

手を合わせてお辞儀する麻理に、ハガミが満足そうに頷く。彼は彼で、時にこうやって朋代以外の人間に料理を振る舞うのが楽しいと感じているようだ。

食事を終えたあとは、恒例の薬箱のチェックが始まる。薬の数を数えて、使った薬を精算し、次に必要そうな薬を補充するのだ。

「鎮痛薬の減りが早いですね。最近どうですか？　朋代さん」

このところ鎮痛薬をよく服用していた朋代は、河野の質問に困った顔をする。

「う～ん、あのね、アレが最近辛いのよ」

「アレ……というと？」

「アレはアレ！　ほら、麻理ちゃんならわかるでしょ」

朋代が意味ありげに麻理を見ると、彼女はすぐに察して「ああ！」と納得顔をした。

つまり月に一回来る、女性特有の痛みである。少し遅れてようやく河野も察したようだ。

「なるほど。しかし最近になって痛みが増したのは気になりますね。病院には行きましたか？」

「まだ行ってない……。ちょっとくらい我慢すればいいかな〜って思っちゃって」

「毎月薬に頼るほど痛いのなら、念のために診察を受けたほうがいいですね。鎮痛薬は胃の負担が優しいものも入れておきます。鎮痛薬はあくまで痛みを和らげるものであって、治すものではないので、服用には気を付けてくださいね」

注意を促しつつ、河野はメモ帳に必要な薬をリストアップした。

「鎮痛薬と……もうすぐ花粉症の季節ですから、そのあたりの薬も必要ですね」

「河野さん、風邪薬は新しいのを入れなくていいですか？」

河野のメモ帳を見ながら、麻理が尋ねる。

「ああ、ありがとう。そうだったね。風邪薬が新しくなったんですよ。古いのと入れ替えますね」

自分で用意したプラスチックケースに、入れ替える薬を詰めていく。

「じゃあ河野さん、私、お薬取ってきますね」

「うん。よろしく」

麻理はプラスチックケースを持って玄関から外に出て行った。

「薬って、ドラッグストアで買えばいい話なんだけど、こうやって話しながら必要なお薬を決めるのもいいよね。無意識に使ってた薬を見直すこともできるし」

朋代は河野と出会うまでは置き薬なんてまったく興味を持たなかったのだが、こうやって定期的に薬を見に来てもらうと、不思議な安心感がある。それでもドラッグストアの便利さとは比べようもないので、置き薬の需要が減少傾向にあるのは仕方ない。

「そうですね。健康食品を勧められるのが嫌とかで断られることもありますが、健康について定期的にお話しできるっていうのは、悪いことでもないと僕も思います」

麻理が出て行ったほうを見ながら、河野が頷く。

「そういえば……もうすぐ、伊草さんの誕生日なんですよね」

ふと、彼は思い出したように言った。

「ほほう。何か贈り物を用意するのかの？」

石油ファンヒーターの前でぬくぬく温まっていたアラヤマツミが顔を上げて尋ねた。

すると河野は「えっ」とびっくりしたように目を丸くする。

「そんな、子供相手じゃあるまいし。今更贈り物なんてしませんよ。ちょうど平日ですから、お昼ごはんでもご馳走しようかなって思っています」

「ええ〜！」

不満そうに声を上げたのは朋代だ。ばっと河野の近くに寄って、べしべしと床を叩く。

「なんで贈り物したらダメなのよ。全然アリじゃない。むしろあげるべきよ！　大人だってね、誕生日プレゼントは嬉しいんだから！」

「朋代よ、本音がだだ漏れであるぞ」

ハガミが「単にそなたがプレゼントを欲しいだけだろう」と言いたげな目をして、呆れたようにため息をつく。朋代はキッと彼を睨んだ。

「何よ！　誕生日プレゼントとクリスマスプレゼントは子供の特権と思い込んでるのは間違いなのよ。誰しもいくつになってもプレゼントっていうのは嬉しいものなの。私だけじゃなく人類全員そう思ってるに違いないわっ！」

「主語がでかすぎではないか」

「はーくんはこういうことに無頓着すぎなの！　絶対そうに決まってるんだから。つまり私にも誕生日にはプレゼント用意してね！」

朋代がハガミに詰め寄ると、彼はやれやれと頭を横に振って、空になった土鍋を集めてキッチンに運んでいく。

「……朋代が贈り物を欲しがっているのはともかく。遥河よ、人の誕生日というのは祝福すべき良い日であるぞ。長きを生きる我々にはぴんと来ぬかもしれぬがな」

アラヤマツミが諭すように言い始めて、河野は彼に顔を向ける。

「神や妖怪と違い、人の命は短い。だからこそ誕生日というのは大切に扱われるのだ。長くともたった百回ほどしか祝えぬ特別な日なのだからな」

言われてみたらそうかもしれないと、朋代は思った。

アラヤマツミなど千年以上生きている。ハガミもそうだし、河野も河童として長く生きてきた。彼らが存在した年月に比べたら、人の生なんて瞬(まばた)きのようなものである。だからこそ神や妖怪にとって『誕生日』という概念は、人よりも薄いのかもしれない。

「それに、喜ばしい日を盛大に祝うことは決して悪いことではないぞ。相手も喜ぼう」

河野はいつも被っている中折れ帽を手で押さえながら「でも……」と困った顔をして俯(うつむ)いた。

「贈り物といっても、具体的に何を選んだらいいのかもわからないですし」

すると朋代は、河野の前でグッと拳を握った。

「それなら私が、プレゼント選びに付き合ってあげるわっ！」

「なぜ朋代はそんなに張り切っているのだ……」

キッチンで土鍋を洗い終えたハガミが、タオルで手を拭きながら戻ってくる。

「マツミくんが言うとおり、誕生日って年に一度の一大イベントなわけよ。そんなの、私だって全力で祝ってあげたいに決まってるじゃない。それに……」

朋代はチラッと意味ありげに河野を横目で見る。

「この誕生日のプレゼントがうまい具合にこうアレして、麻理ちゃんと河野くんがいい感じに一歩二歩、三歩四歩と歩み寄れたら、やっとふたりの仲も進展しそうじゃない！」

うふふ〜、と頬に両手を当ててニマニマ笑う朋代。アラヤマツミとハガミが揃ってため息をついた。

「朋代よ。実は面白がっておるな？」

「みだりに人の恋路に関わろうとすると、馬に蹴られるぞ」

ふたりは難しい顔をして苦言し、さらに朋代に説教する。

「だいたいじゃな、人のことを気にする前に己のことをどうにかするべきではないか」

「アラヤマツミ殿の言うとおりであるぞ朋代。まずは己自身を磨くところから始めるのがよかろう」

「マツミくんもはーくんもうるさーい！　私はいいのよ。ほっといて！」

朋代は耳を手でふさいでぶんぶんと首を横に振った。

一時期は結婚したい彼氏が欲しいと必死になっていたが、最近はすっかり落ち着いてしまっている。そうなると、次は他人の恋路が気になってしまうのだ。のぞき見趣味は否定しないが、純粋にふたりの仲を応援したいという気持ちはもちろんある。

「恋路って、僕と伊草さんはそういう関係じゃないんですけど」

河野は困惑した様子で笑みを浮かべ、やんわりと否定する。しかしアラヤマツミの説得には刺さるものがあったのか、しばらく思案顔を見せた。

「でも、そうですね。確かに、誕生日に贈り物をするのは悪いことではない……ですよね」

うん、と河野は納得したように頷く。

「贈り物、何がいいのかまだわかりませんが、探してみることにします。すみませんが朋代さん。助言を頂けると助かります。僕は女性の好みがよくわかりませんから」

「まっかせて～！　この私に任せておけば、女の子が喜ぶものなんてちょちょいのちょいよ。大船に乗ったような気分でいなさいね！」

どーんと頼もしく胸を叩く朋代に「不安だ……」という表情を隠せない、アラヤマツミとハガミだった。

そして、次の週の日曜日――。

待ち合わせに決めた駅前に朋代が赴くと、そこには私服姿の河野がぼんやりした様子で立っていた。

「おはよう河野くん。マツミくんの用意に時間がかかっちゃって、ごめんね～」

「いえ、そんなに待ってないですから。って、アラヤマツミ様も来られたんですか？」

二月といえば、暦の上では春だが、体感的にはまだまだ冬である。先週、河野たちが朋代の家に来た時だって雪が降り積もっていた。今日は雪こそ降ってはいないが、人間でもコートを着てマフラーをしっかり巻いていないと震える程度には寒い。

「朋代ひとりに任せるのは、何やら心配であったからの……」

肩に掛けた大きめのトートバッグの端から、アラヤマツミがちょろっと顔を出す。

「私の何が心配なのか本当に失礼すぎるんだけど、行くって言って聞かないからね。仕方ないから、連れてきたの」

「僕のために無理をさせてすみません。ちなみに、寒さは大丈夫なのですか？」

「うむ。顔さえ出さなければ快適じゃ。先日はやけに寒かったが、これくらいの寒さなら問題ない。むしろ元気溌剌(はつらつ)であるぞ」

そう言って、アラヤマツミは調子よく頭を左右に振る。

「ちなみに河野くん。どうせ心配するなら私の肩を心配してくれるかしら！　マツミくんって結構重いんだからね！」

朋代が怒ると、河野は苦笑いした。

「あはは、すみません。何だか苦労をかけますね」

まったくだ、と朋代はぺしっとトートバッグの腹を叩いた。どうしても同行すると言って聞かないアラヤマツミに『じゃあ人間に擬態して来るの？』と聞いたら『擬態は疲れるのじゃ』と言われ、すったもんだの口論の挙げ句、折れた朋代が仕方なくトートバッグにアラヤマツミを収納して連れてくるというはめに陥ったのである。

「それで、どうしよ。河野くんは行きたいお店とかある？」

「いえ……。一応、伊草さんにそれとなく欲しいものはないか聞いてみたんですけどね」

「うんうん。麻理ちゃんはなんて答えたの？」

尋ねると、河野は難しい顔をする。

「僕の聞き方が悪かったんでしょうか。そろそろスマホを新調したいとか、包丁を研ぐのに丁度いいキッチングッズを探してるとか言われまして。個人的な意見ですが、そういうものはあまりプレゼント向きではないと思うんですよね」

「あー、うん。そうね」

朋代はかしかしと頭を掻いた。河野だって、どうせプレゼントをするなら麻理が欲しいものにしようと考えたのだろう。だが、河野も大概ニブいところがあるが、麻理も負けじとニブいのだ。要約すれば、ふたりとも天然なのである。

（まあ、誕生日におそろいのスマホにするっていうカップルもいるから、スマホは選択肢として間違ってはいないと思うけど、ふたりはそういう間柄じゃないものね）

それに、スマホをプレゼントされたら麻理も困るだろう。あまり高価なものは逆効果と思われる。朋代はしばらく腕を組みながら考えて「よし」と顔を上げた。

「とりあえずはオーソドックスだけど、このあたりの雑貨屋さんを一通り回ってみましょう。キッチングッズだって、オシャレなデザインのものはプレゼントに向いてるからね」

「なるほど、それはいい案ですね。じゃあ行きましょう」

早速歩き出す。朋代は事前に調べてピックアップしておいた雑貨屋に河野を案内し、順番に見て回った。

しばらくして——。

「うーん。キッチングッズは悪くないと思ったんですが、こんなに種類があると、逆に目移りしてしまいますね」

包丁研ぎを手に取って眺めながら、河野が思案顔をする。

「確かにね。それに、デザインは可愛(かわい)いけど、本当にこんなので研げるの？　ってのも結構あるし、キッチングッズは本人が探したほうがいいかもしれないわ」

「そうですね」

河野は残念そうに包丁研ぎを棚に戻した。

「そういえば、前から聞いてみたかったんだけど」

「はい」

「麻理ちゃんは河野くんの『正体』を、いったいどういう経緯で知ることになったの？」

何となく今まで聞きそびれていたことを、尋ねてみる。

「ああ、そういえば言っていませんでしたか？」

「偶然知ることになってしまった、くらいは知ってるんだけど、詳細は知らないのよね。話したくないなら別にいいんだけど」

なんとなくの好奇心で聞いているだけなので、麻理と河野だけの秘密にしておきたいならそれでもいい。

しかし河野は「そんなことないですよ」と笑った。

「本当にきっかけは些細なんです。僕も、そして彼女にとっても、びっくりな出来事でした」

懐かしそうな顔をしながら、河野は麻理に河童だとバレた時のことを話し始めた。

「運命のいたずらとしか思えないんですけど。両手が塞がってる時に、風が吹いて帽子が脱げてしまったんですよ」

「……おう」

駅地下のショッピングモールに向かいながら、朋代はなんとも言えない相槌を打った。

（それは……なんていうか、びっくりしただろうな、麻理ちゃん……）

思わず同情してしまう。朋代自身、見たことはないのだが、河野の頭頂部には重大な秘密が隠されているのだ。それは河童ゆえの頭の皿。

いくらイケメンに変化できても、命の源とも言える皿だけは隠せなかったらしい。

「最初は円形脱毛症だと思われてしまいましてね」

「そうね、私もそう思うかも」

「けれども、僕のコレはあくまで皿であり、円形脱毛症ではないんです。どうしてもその誤解を解きたくて、僕は伊草さんに自分の正体を白状したんですよ。もちろん最初はまったく信じてもらえなかったんですけどね」

あはは、と河野は明るく笑った。

朋代は内心「それはそうだろうなあ」と思った。

いきなり『僕の正体は河童なんです』なんて言われても、たちの悪い冗談だと斬って捨てるのがせいぜいだ。朋代だって信じないだろう。アラヤマツミという神と出会った時は、最初から彼は『喋(しゃべ)る蛇』という普通ではありえない姿だったからこそ信じられたのだ。

「でも、麻理ちゃんは結局信じたのよね。すごいなあ」

元々、あまり疑わない性格だったのだろう。そして河野も、麻理がそういう人だとわかっていたから、秘密を口にできたのかもしれない。

「最初は僕が河童だと信じてもらいたい一心で、同じ妖怪仲間の雪乃さんに会わせたり、左近(さこん)さんと川辺でバーベキューしにいったり……。いろいろ連れて回ったんですよね」

「へえ～。それは麻理ちゃんも驚いたでしょうね」

「ええ、もちろん。でも伊草さんは、驚くほどすんなり僕たちを受け入れてくれました。雪乃さんや左近さんともあっという間に仲良くなって。もちろんアラヤマツミ様や朋代さんともね」

そういえばそうだったっけ、と朋代は笑う。

段々思い出してきた。麻理は、初めてアラヤマツミを見た時に目を丸くして驚いていたものの、彼が忘れられた神だと知ったあとは、彼を祀（まつ）る神棚に手を合わせてくれた。

「基本的に人が良くて、優しい性格なんでしょうね。すごく素直だし。人の言うことをすぐ信じちゃうから、お姉さん分の私としてはちょっと危なっかしいと心配してるんだけどね」

すると河野が楽しそうに笑う。

「雪乃さんも同じようなこと言ってましたよ」

「やっぱり？」

雪乃とは何かと気が合うのだ。シンパシーを感じるといっていい。間違いなく、彼女と自分は同じ性格の属性を持っていると朋代は思う。

「けれどね、やっぱり僕にとって伊草さんの存在は……救いだったんでしょうね」

河野はどこか懐かしそうに言って、雑貨屋の文房具コーナーを眺めた。

「彼女と一緒に知り合いの妖怪を訪ねたり、いくつかの問題を解決に導いたりして。それでも伊草さんって全然態度が変わらなかったんですよ。自然に僕たちを信じてくれたというか、妖怪や神の存在を特別なものではなく、はじめからそこに在るものとして理解してくれたというか。僕は何よりそれが嬉しかったのかもしれません」

話しながら、ひとつのペンケースを手に取る。

その表情は穏やかだった。少し人間離れした緑の瞳を、優しく細める。

「仕事中も楽しくてね。車の中でいろいろな話をしているんです。僕のお皿は常に水分で湿らせておかないとダメなんですけど、その苦労話とか、新たな水分補給のアイデアを試してみた話とか。それからお気に入りの新作ミネラルウォーターの話もよくしていて、いつも伊草さんは僕の話を楽しそうに聞いてくれるんです。人間にとってはつまらない話だと思うのに」

麻理の話をする河野は、何だか幸せそうだった。

いつの間にか朋代は、ほんわりと心が温まっているのに気づく。

「人間の理解者が傍にいるというのは、我らの救いになる。よかったなあ、遥河よ」

トートバッグの中にいたアラヤマツミが、のんびりした口調で言った。

河野は「そうですね」と頷いたあと、はたと気づいたように顔を上げる。

「そうだ。やっと気づきました」

「え？」

「僕が、伊草さんに対して抱いていた気持ち。アラヤマツミ様の言葉を聞いて、わかった気がしたんです」

朋代は目を見開き、思わずトートバッグの中のアラヤマツミと目を合わせてしまう。

（もしかして。もしかしてこれは、もしかするのかしら？）

ドキドキと朋代の胸が期待で高鳴る。河野はここに来てやっと、一歩を踏み出す気になったのか！

「僕は、伊草さんの誕生日をお祝いしたいというより、伊草さんにお礼がしたかったんですよ」

「は？」

朋代は思わず低い声で問い返してしまった。

「えっと河野くん。それが気づいたことなの？」

「はい。誕生日を祝うのもいいですけど、僕は感謝の気持ちを伝えたいと思っていたんですよね。やっとスッキリした気分です」

ニコニコと河野が笑顔で言う。対して朋代は脱力したようにため息をついて肩を落とした。

（なんでそうニブいかな〜！）

はたから見ている分には充分良い仲だと思うのに。むしろ熟年夫婦かってくらい最近は息もぴったりに見えるのに。なぜ肝心なところで自分の気持ちに鈍感なのか。

しかし朋代の気持ちとはうらはらに、河野は爽やかな笑顔で話し続ける。

「僕は長い間、人間に擬態し、人間社会に紛れて生きていたからか、どこか人間に対して冷めた感情を持っていたんですよ。ある程度の見切りをつけていたというか。人はこういう生き物だから、みたいな感じでね」

「ふうん」

朋代は何となくハガミを思い浮かべた。彼は長年、人間を恨んで生きていたのだ。もしかしたら河野も一時期はそんな感情を持っていたのかもしれない。しかし時の流れと共に無関心へと変わり、人間に何も期待しなくなったのではないだろうか。

確かに、麻理を連れて朋代の家に来る前の河野は、そんなところがあったっけ、と朋代は思い出す。

穏やかで優しい笑顔は今と同じだけれど、どこか乾いている感じがしていた。

何かを諦めているような、寂しそうな笑顔だなあと思っていたのだ。それは、アラヤマツミが時々見せる雰囲気と似ていた。

「僕たちは、人に存在を忘れられると消えゆく運命にあります。だから、いつかその時が来たら、僕はひとり静かに消えていくのだろうと思っていました。でも伊草さんが言ってくれたんです。『それなら私が忘れません』って」

「ほほう。それはまた、なかなか妖怪を泣かせるセリフよな」

アラヤマツミがくすくす笑う。河野も笑って「ええ」と頷いた。

「それに、いつか自分が死んでも、その次の世代が覚えていてくれるようにって。幼稚園のボランティアで妖怪のお話の読み聞かせをしましょうって、僕を誘ってくれたりもしたんですよ」

「へえ～、それはいいアイデアね。子供時代に聞いたお話って、意外と大人になっても覚えてるものだし」

自分では思いつかなかったアイデアだ。やるなあ麻理ちゃん、なんて朋代は思う。

「本人は決して、僕から感謝されたくてそんなことを言ったり、提案したりしているわけじゃないんですよね。伊草さんなりに、皆が妖怪や神を忘れないためにはどうしたらいいだろうっていつも考えてくれているんです。その気持ちが僕には嬉しくて……」

河野はこちらを向いて照れ笑いをした。

「何気ない伊草さんの言葉に、明るくて前向きな性格に、いつの間にか僕は救われていたんです。だから、誕生日を機会に、今までのお礼をしたいんですよ」

そう言って、彼が朋代に差し出したもの。それは緑色の水玉模様の可愛いペンケースだった。

「実は伊草さんが普段使っているペンケース、穴が開いてたんですよ。そろそろ替え時だろうなって思っていたので、これなんてどうでしょうか」

「どれどれ？　あら、河童のマスコットがついてる。可愛いじゃない」

ペンケースのファスナーに、デフォルメされた河童のラバーストラップがついていた。

「本来の河野くんも、こんなふうに可愛いの？」

「いやあ、どうでしょう。僕は人間の擬態が長すぎて、本来の姿はすっかり忘れてしまったんですよ。でも、こんなに可愛くないと思います。やたら気味悪がられていましたからね」

困ったようにぽりぽりと頬を掻く河野に、アラヤマツミがトートバッグの中から

「ホッホ」と笑い声を立てた。

「遥河は正真正銘、いにしえより存在する妖怪じゃ。本人を前に言うのもなんだが、なかなかの『ばけもの』であるのは想像に難くない。それは雪乃や左近も同じであろ

うな」

「じゃあ、最近生まれた妖怪はそうでもないの？」

「そうさなあ、例えば江戸時代くらいの妖怪は、愛嬌(あいきょう)のある見た目の者が多いぞ。あのころは面白おかしく様々な妖怪が考えられておったからなあ。ほれ、百目鬼(どうめき)もそれくらいの世代じゃ」

百目鬼というのは、その名の通り、身体中に目を持つ妖怪である。

朋代は会ったことがないが、麻理は一度、アラヤマツミと共に会いに行ったことがあるらしい。

『すごいんですよ。腕にいっぱい目があるんです。しかもその目は取り外し可能で、いろんなところに飛ばして、景色を見ることができるんですよ～！』

いつか麻理が興奮隠しきれずといった様子でそう話していたのを思い出す。

どう考えても朋代の感想は『おっかない』なのだが、麻理は楽しそうだった。

そういうところは、肝が据わっているというか、真似できないなあと感心してしまう。

（しかも、ソレが『愛嬌のある見た目』と言うんだから……）

どうにも愛嬌があるとは思えないが、つまり河野や雪乃の正体は『それ以上』ということなのだろう。

朋代は深く考えるのはやめることにした。彼らは今の姿を気に入っているのだから、それでいいではないかと思ったのだ。

「うん。いいんじゃないかな。可愛いし。でも誕生日プレゼントがペンケース一個っていうのも味気ない気がするわね」

「それもそうですね」

河野は他になにか良いものはないかと、あたりをきょろきょろ見回した。

「あそこで、何か催しをしていますよ」

彼が指さした方向を見ると、雑貨屋の奥には『万年筆フェア』という看板の置かれたコーナーがあった。

「なるほど。万年筆かあ」

近寄ってみると、様々なデザインの万年筆が店の照明に反射してキラキラと光っていた。

「そういえば、こんなふうに万年筆をまじまじと見るのは何気に初めてな気がする。ボールペンに比べるとポピュラーな文房具じゃないもんね」

朋代のイメージとしては、何かと面倒そうな筆記用具だなあという感じだ。インクがなくなったら補充しなければならないし、全体的に割高という感じもして、書くだけならボールペンで充分じゃないかと思ってしまう。

（でも、麻理ちゃんに万年筆は似合うかも）

のんびりマイペースで、朋代のようにセカセカしていないからだろうか。万年筆でゆっくり文字を書く彼女の姿が容易に想像できた。

どうやら河野も同じように考えたらしい。やけに熱心な様子で万年筆を眺めている。

「結構いろいろあるんですね。金属製に木製、ガラス製、綺麗な彫刻がされているものや、スワロフスキーでデコレーションされているものもあります」

「本当。綺麗だね～。これならプレゼントにしてもぴったりじゃない」

「ええ、僕もそう思いました。問題は万年筆のデザインですね」

河野が腕を組んで「う～ん」と真面目に考え込む。

「万年筆自体もいいけど、インクも、普通の黒だとつまらなくない？」

催しコーナーには、自分の好きな色にインクを調合できるスペースもあった。少し離れたところでは、説明係の店員がニコニコ笑顔で待ち構えている。

「でも、何色にしたらいいのかわかりませんね。伊草さんに好きな色を尋ねておけばよかったです」

困った様子で顎を撫でる河野。すると朋代のトートバッグの中から小さく声がした。

「そなたの瞳の色にしてはどうじゃ」

アラヤマツミだ。河野が「え？」とびっくりしたように、トートバッグのほうを見る。

「麻理はのう、いつも遥河を見る時、最初に目を見ておるぞ。きっとそなたの瞳の色が好きなのであろう」

のんびりした口調でアラヤマツミが言う。

「ああ、確かに麻理ちゃんって、よく河野くんの目を見ているかも」

朋代も思い出したことを口にしたら、河野はふっと顔を伏せた。

「…………」

そして黙り込む。いきなりどうした？　と朋代は少し身体をかがめて、彼の顔を覗き込んだ。

下を向く河野の頬は、ほんのり赤い。

口元に手の甲を当てて、恥ずかしそうに目をそらしている。

「もしかして河野くん、照れてる？」

「さ、さあ、僕にはわかりません」

絞り出すように言って、河野はくるっと後ろを向いた。

「ただ、それが本当だったらと考えたら、身体がくすぐったくなったんです」

朋代は目を丸くした。彼は間違いなく恥ずかしがっている。これは何気にレアな表情ではないか。

「でも、そうですね。そうだとしたら、嬉しいですね」

帽子を目深に被り直した河野は、そそくさと万年筆を選び始めた。

朋代はそっとトートバッグの中のアラヤマツミと目を合わせると、思わず「ふふっ」と笑い合ってしまう。

時間をかけて悩んだ結果、万年筆は木製のシンプルなデザインを選んだ。

そして、河野の瞳と同じような深い緑色のインクを調合して、それらとペンケースをプレゼント包装してもらう。

「今日は本当にありがとうございました」

待ち合わせの場所でもあった駅前でぺこりと頭を下げて、河野は満足そうに帰っていった。朋代はそんな彼に手を振って見送り、ふうと息を吐く。

「あれじゃなかなか進展はしないでしょうけど……。ま、それも彼らのペースなのかな」

「うむ。少なくとも遥河にとっては大きな進歩だったと思うぞ」

ひょこっとトートバッグから顔を出したアラヤマツミがしゅろしゅろと小さい舌を出す。

「あやつは長く人間に幻滅しておったゆえに、どうしても一歩距離を取ってしまうのじゃ。せっかく人間と仲良くなっても、諦めの気持ちが、遥河の心に壁を作ってしまう」

これ以上忘れられたくない。これ以上存在を否定されたくない。悲しい真実を知るくらいなら、自分から離れよう。その思いが、河野の心を頑なにしてしまう。

「でも、麻理ちゃんは大丈夫だって、彼もそう思い始めているのかもね」

「うむ。贈り物をされて喜ぶ麻理を見たら、さらにもう一歩、遥河は変わるかもしれんのう」

コミュニケーション能力に長けた左近や、達観の域に入っているアラヤマツミと違って、河野はまだまだ人間に対して感情が複雑に揺れている。

人間は薄情だと憤ったり、期待できないと落ち込んだり。

けれどもそんな彼が麻理と出会って、その感情が少しずつでも変わってきているのなら。

「それはとても、素敵なことだね」

ゆっくりでも、マイペースでも、彼がいい方向に変わっていけたらいいなと、朋代は思った。

家に帰ると、ふんわりとしたゴボウのいい匂いがした。

「ただいま～。ふぁ～いい匂い。癒やされるぅ～」

くんくんと鼻をひくつかせながら、朋代はリビングに入った。

そしてトートバッグを床にドスッと置く。

「あ～、重かった……」

その場に座り込んで肩を揉んでいると、トートバッグの中からアラヤマツミがにょろにょろと這(は)い出て、いつもの寝床でとぐろを巻く。

「うむ、ご苦労であったな、朋代」

「何その上から目線の労(ねぎら)いは～！」

思わず四つん這いで駆け寄り、アラヤマツミの首を摑(つか)もうとする。しかしヒョイッと避(よ)けられて「ホッホッ」と笑われた。

「動きが鈍いのう～。体力不足じゃ朋代よ。若いのだからもっと精進(しょうじん)せよ」

「マツミくんこそ、いい年したおじいちゃんなんだから、妙にはりきって外出なんてせず、おうちで隠居していたらどう～？」

摑み損ねた手をニギニギしながら、朋代が意地悪く言う。するとアラヤマツミはすぐさま胴体をピンと伸ばして怒り出す。

「我はまだまだ神の中では若いほうじゃ！」

「若いって自分で言うなら、人間に擬態するのも面倒がらずにシャキシャキやんなさいよ！」

「そなたは人間型の窮屈さをわかっておらぬ。それに、我だってたまにはこの姿のまま外に出たいのじゃーー！」

「引きこもりニートのくせに、そんなワガママに私を巻き込むんじゃないわよ！」

侃々諤々と言い合っていると、キッチンで作業をしていたハガミが、呆れた顔をしながらテーブルをふきんで拭く。

「まったく、帰ってきた途端に騒々しい。もう夕餉にするから、手伝うがよい朋代」

「あ、はーい！」

アラヤマツミを何とか掴もうとしてしゅぱしゅぱと手を伸ばしては避けられていた朋代は、立ち上がってテーブルのほうに向かう。

「今日はどんなメニューなの？」

「先日、遥河より助言をもらったのでな。麹を使った肉料理にしてみたぞ」

「わお！　いいねえ」

肉というフレーズに、お腹がぐーっと鳴る。魚も好きだが、肉もよいものだ。心身共に、元気な気分になれるのは肉である。

朋代がお箸を用意していると、ハガミはテーブルに鍋敷きを置き、その上に一人分の土鍋を置いた。

ぱかっと蓋を開けると、柚子の爽やかな香りがふんわり漂う。

「鍋料理？」

「うむ」

ハガミは炊飯器から茶碗にごはんをよそる。

「塩麴というものを作ってな。それで味をつけた寄せ鍋だ」

朋代はテーブルに椀を置いて、座る。鍋の中をよく見ると、千切りにされた根菜がたっぷり入っていた。そして豚肉と、輪切りにした柚子がぐつぐつと鍋の中で踊っている。

「これはおいしそう。おいしそうな予感しかしないっ！　マツミくーん！　寝てないでお酒お酒！」

朋代が手を叩くと、アラヤマツミがのそのそと寝床から出てきて、テーブルの脚を伝って上がってくる。

「ふむふむ。豚肉に柚子……ほう、せりも入っておるのか。味付けは麴ということであったな。となればうむむ」

鍋の中を確認したアラヤマツミはしばらく身体を揺らしながら考えて――。

「よしっ、こんな味ではどうかな」

冷えたミネラルウォーターの入ったガラスのデキャンタにくるっと巻き付く。

それだけの仕草で、ただの水は日本酒に変わった。タネもシカケもない。山神・アラヤマツミが持つ、奇跡としか言いようがない技である。

味は多種多様。甘口から辛口まで調整も思いのまま。さらに最近では、炭酸水を使ってスパークリング日本酒風にしたり、無濾過原酒（むろかげんしゅ）風にしたりと、ラインナップも豊富になりつつある。しかも、アラヤマツミの作る酒は体内に入ると水に戻るため、アルコール分がない。それなのにほろ酔い気分になれるし、次の日はまったく酔いが残らない。まさに奇跡。朋代の生命線。ハガミのごはんとアラヤマツミの酒は、毎日のお楽しみなのである。

朋代はデキャンタからグラスに酒を注いで、こくっと飲んでみる。

「うん、今日もおいしい。味は辛めで、すっきり淡麗ね。香りは控えめかな？　後味があまり残らなくて、するするいけちゃう感じ」

あまりに飲みやすくて、朋代はあっという間にグラスを空けてしまった。おかわりを注いでいると、アラヤマツミが満足そうに頷く。

「その鍋料理の味を邪魔せぬように調整してみたのじゃ。いわゆる食中酒というやつじゃな。それだけだと個性がなくて物足りぬかもしれぬが、ハガミの鍋を食べてから飲んでみると、また違う味わいになるやもしれんぞ」

「へえ〜、それは楽しみだわ」

朋代は手を合わせて「いただきます」とお辞儀すると、さっそくお椀に具を入れた。

「具だくさんね〜」

「寄せ鍋だからな」

ハガミがテーブルに座って、アラヤマツミの酒をふたつのコップに注ぐ。

大根に人参、ゴボウ、しいたけ、せり。おたまで軽くすくっただけで、それだけの具が見えた。朋代はさらに豚肉を数枚取って、まずはお肉をはふっと食べる。

「おいし〜い！」

薄切りの豚肉は柔らかくて、噛（か）みしめると脂が甘い。そして柚子の香りとともに日本酒に似たふくよかな味がした。

「あっ、この味が麹？」

「そうだな。麹は少しクセがある。酒粕（さけかす）に似ているかもしれん」

コップの酒を飲みながら、ハガミが頷いた。

「野菜もおいしい。せりの苦みが、麹の甘さにぴったり合うね」

しゃきしゃきした歯ごたえのせりは、嚙むと爽やかな苦みを運ぶ。大根などの根菜は塩麹のスープをよく含んでいて、口の中で複雑に絡み合う。

「これって、味付けはどうしてるの？」

「うむ。実はな、潔く塩麹のみなのだ。水と塩麹、香りづけに柚子を使った」

「シンプル！　それなのにこんなに複雑な味になるのね」

「だし代わりと言っては何だが、ほたての缶詰も入れたのだ。これが一役買っているのだろう」

「なるほど。ほんのり貝っぽい味がしたのはそのせいなのね」

根菜にしいたけ、ほたての缶詰、豚肉。様々な具材の味が溶け込んだスープを、塩麹の旨味（うまみ）がひとつにまとめている。

「うーん、いい仕事してるわね、塩麹っ」

朋代は思わずうなった。麹料理とはあまり縁がなかったが、これは他の料理でも食べてみたくなる。

「ほれほれ朋代。食中酒、じゃ！」

鍋に夢中になって、ひたすらごはんと具材を交互に食べていると、アラヤマツミが焦れたように急かした。

「おっと、ごめんごめん」

朋代はお茶碗に残ったごはんを綺麗に食べてから、お椀に具材を入れ直す。

そして一口食べたあと、こくっとお酒を飲んでみた。

「……おお〜」

透明のグラスがキラキラ輝いて見えた。

「すごく合う、ね！」

「そうであろう」

ふふんっとアラヤマツミが平たい胸を張った。

「キリッと淡麗だから、まったりした塩麴の後味をきりっと引き締めてくれる感じ。香りが抑えめだったのは、柚子や麴の匂いを邪魔しないためだったのね」

「そうなのじゃ。せりも入っておったしの。香りの強いものを食す時に、酒の匂いは野暮というもの。しかしまったく個性がないのもつまらないので、きつく辛めにしたのじゃ」

「うんうん。この尖った飲み口、すごく私の好み。いや〜お鍋を肴にお酒が飲めるって最高ね！」

もう一口飲んでから、ぱくぱくと根菜を食べる。

大根に人参、ゴボウは、すべて千切りになっているので非常に食べやすいし、おいしいスープがよく絡んでいる。

豚肉でそれらを包んで食べると、なおよし。

それからお酒を飲むと、するするっと喉が潤い、気持ち良くお腹に収まっていく。

「はー、余は幸せじゃ～」

アラヤマツミのような口ぶりで満足そうに言う朋代に、ハガミは思わずといった様子で苦笑する。

「ほんにそなたの食いっぷりは、見ていて気持ちがよいな」

「なによ。よく食うって言いたいの？」

「おなごとしては健啖家なほうではないか？　しかし、我は作りがいがあって嬉しいものだが」

赤くて鼻の長いお面の口がにんまりと笑みを浮かべる。

まあ嬉しいのならいいかと、朋代は残り少なくなった具を箸で掻き集めてお椀に入れた。

「そういえば、麻理への贈り物は無事に見つかったのか？」

「あ、うん」

朋代はデキャンタを傾けてグラスにおかわりを入れながら、頷く。

「いい感じのやつが見つかったんだよ〜。河童のラバーストラップがついたペンケースと、万年筆でね。インクは河野くんの目の色に似た色を調合してもらったの」

「ほう、河童のらばーすとらっぷ。つまり根付のようなものか？」

「また古風な譬えを……。微妙に違う気もするけど、言いたいことはわかるかも。ラバーストラップは単なる飾りだけどね」

あれを選んだのが河童本人というところが何ともおかしい。自分自身がデフォルメされたキャラクターになっているなんて、いったいどんな気持ちなんだろう。

「ねえ、もし天狗のラバーストラップが売ってたら、見てみたい？」

「ん？　うーむ……どうであろうな……見てみたいような、見たくないような」

天狗も有名な妖怪だから、それっぽいストラップはすぐに探せそうだ。アラヤマツミは……見た目が完全に蛇なので、探さなくてもあちこちにありそうである。

「でも、そうやって可愛くデフォルメされるのは悪くないいじゃない？　少なくとも、存在を忘れられるってことはなくなるんだからさ」

「複雑なところだな。あまり可愛らしくされると、威厳がなくなるではないか」

「威厳も欲しいの？　はーくんって結構欲張りだね……」

「欲張りではない。妖怪というのは本来畏れられるものなのだ。怯えてもらわねば面目が立たぬというか、遥河にしても、むやみに河童が可愛がられるのは複雑な心境であろうよ」

　そういうものかー、と朋代は呟き、酒をこくりと飲んだ。

「万年筆は思いの外、よい贈り物になりそうだのう」

　マイペースにコップの酒を飲んでいたアラヤマツミが、顔を上げて言う。

「河野くん、万年筆すっごい真面目に選んでいたよね。試し書きもしてたし」

「うむ。手触りのよさも真剣に考えておった。色鮮やかで煌びやかなものより、素朴な木製を選んだのは、なんとも遥河らしかったのう」

「ラインストーンでデコレーションされた万年筆はすごく綺麗で、可愛かったんだけどね。でも麻理ちゃんは木製のほうが似合うと思うよ」

　そう言いつつも、麻理はどんなプレゼントでも喜ぶだろう。そういう人なのだと、朋代もすっかり彼女を理解している。

「それにしても、マツミくんの何気ない助言で、河野くんがあんなにも照れるとは思わなかったわ。珍しいものを見た気分ね」

彼の様子を思い出してくすくす笑ってしまう。ハガミが不思議そうに首を傾げた。

「麻理ちゃんは、河野くんの目をよく見ているから、その目の色が好きなんじゃないかってマツミくんが言ったの。そうしたら彼、いつになく慌て出して、下を向いて照れちゃってね」

お椀に残っていたものをぱくぱくと食べ終えて、朋代は箸をテーブルに置く。

「ごちそうさまでした～」

「それは面映（おもは）ゆいに決まっておるよ。アラヤマツミ殿も人が悪いですな」

「え？」

両手を合わせてお辞儀していた朋代は、びっくりしてハガミを見る。

「ふふん。遥河のようなとーへんぼくにはそれくらい言わねば一生気づかぬじゃろうて」

アラヤマツミが意地悪そうに金色の目を細めて、こくこくと酒を飲んだ。

「え、え、どういうこと？」

慌てて尋ねると、ハガミもコップの酒を一口飲んで、朋代に顔を向ける。

「どんなに姿形が変わろうとも、我らは『目』だけは変わらぬのだ」

つまり、それは――。

朋代は河野が言っていたことを思い出す。彼は、昔の自分が思い出せないくらい長い間、人間に擬態し続けているのだという。

だが、彼が本当の姿を忘れていても、目だけは変わっていないと知っていたなら。

麻理は河野と話す時、必ず最初に目を見ていた。そして、その目が好きなのではないかと、アラヤマツミは言っていた。

たとえ無自覚でも、ただ純粋に『綺麗だなあ』と思って見ていたのだとしても。

河野の本質が目にあったのなら、それは最初から彼女は河野の擬態の姿ではなく、彼自身を見ていたということではないか。

「あ……そりゃ、照れるよね」

ようやく朋代は納得した。麻理はそんな事実を知らないまま、ただ好きという理由だけで河野の目を見つめていたのだから。

「うーむ。意外と麻理ちゃん、天然タラシなところがあるのかしら？」

「言い得て妙だが、彼女はただ善意のかたまりみたいなおなごであるからのう」

「人も良いから、すぐ騙(だま)されそうであるしな」

三人三様、本人のいないところで言いたい放題である。

「誕生日プレゼント、せっかくだから私も買ったのよ。今度麻理ちゃんにあげようと思って、入浴剤セット」

「そういえば、帰り際にいそいそ買っておったのう」

「へへ。友達の誕生日を祝うの好きなんだよね」

安すぎず高価すぎず。友達への誕生日プレゼントは、選ぶのにいろいろと気を遣う。

でも朋代はその悩みも含めて考えるのが好きだった。

やっぱり、相手が喜ぶ顔が見たいから、だと思う。

「誕生日っていいよね〜」

アラヤマツミが「うむ」と頷く。

「妖怪や神には誕生日を祝う習慣がないので、ちと羨ましい話ではあるのう。人間の特権じゃな」

酒を飲み終わったアラヤマツミが、満足そうに目を細めて、その場でくったり寝そべる。

「マツミくんやはーくんって、誕生日ないの？」

ふと気になった朋代が尋ねると、ふたりは目を合わせて、首を傾げる。

「誕生日か。さっぱりわからんのう」

「何せ、我らが存在し始めたのは遥か昔なのだ。しかも顕現(けんげん)の瞬間など覚えておらぬ」

千年以上存在しているふたりは、人間とは時間の感覚がまったく違う。自分達がこの世に現れたのが何年の何月何日かなんて、些末すぎて覚えておく気もなかったのだろう。

「うーん」

朋代は腕を組み考えた。

ふたりの事情はわかるけど、それじゃあつまらない。

何せ、誕生日はそれだけで楽しいのだ。せっかくだし、ふたりにも誕生日の良さを味わってもらいたい。

「よし、決めた！」

ぱちっと朋代が手を叩く。ハガミとアラヤマツミが同時にこちらを見た。

「これからは、私の誕生日を、マツミくんとはーくんの誕生日とするっ！」

ふたりは『また妙なことを考えたなコイツ』と不可解な顔をして、ため息をついた。

「なんでそうなるのだ」

「そもそもなぜ朋代と同じ誕生日なのか？」

代わる代わるに尋ねられ、朋代は「名案でしょ！」と胸を張る。

「私と一緒にしたら覚えやすいじゃない。まとめたらいっぺんに祝えるし」

「なるほど効率的……ではないな。単に朋代が、別の誕生日を考えたり都度祝ったりするのが面倒臭いのであろう」

　アラヤマツミがしみじみと言った。

「黙らっしゃい！」

「そもそも、なぜ我らの誕生を祝う必要があるのだ？　神の恩恵に感謝する『祭り』ならわからんでもないが……」

「えーい、はーくんも文句ばっかり！　いいからそうしようよ。それでプレゼント交換をするの。素敵じゃない？　ねえ、いいから誕生日に何か寄越せ！」

「なるほどそれが本音か。しかし寄越せと言われてもなあ？」

　アラヤマツミが困った顔をして、ハガミを見上げる。彼も「うむ……」と渋い顔をして、空になった食器を集めた。

「そもそもおぬし、忘れておらぬか。この家で日銭を稼いでいるのは朋代ひとりなのだぞ」

「あ……！」

　朋代はハッとしたあと、愕然として肩を落とした。

　超いいアイデアだと思ったが、そうだった……。

「確かに、私がプレゼントをもらいたかったら、ふたりにお金を渡さないと駄目なんだわ。子供のおつかいじゃあるまいし、そんなのヤダー！」

個人的に、このふたりが朋代にどんなプレゼントを選ぶのか、気にはなるものの、それを毎年するのはちょっぴり虚しいと思う朋代だった。

「うっうっ、私の〝プレゼントうはうは計画〟が……。最近、親でさえ誕生日はメールで『おめでとう』のコメントのみ。正直に言いましょう。寂しかったんです。いい年して何を言ってるんだってわかっていても、私だってプレゼントがもらいたかったんです！」

いくつになってもプレゼントは嬉しいものなのだ。

高価じゃなくてもいい。心からの贈り物が欲しいものなのだ。

こういう時、彼氏がいれば丁度いいのだが、そういう便利な存在には今のところ縁がない。

「酒ならいくらでも作るのだがなあ」

「季節によるが、山菜でも摘んでくるか？」

「もういい～！」

机に伏せって喚く朋代を、なんとも困った顔で眺めるふたり。

しかしアラヤマツミはふと、朋代のトートバッグに目を向けた。その中には、彼女が友人の誕生日を祝うため、いそいそと購入したプレゼントが入っている。

「誕生日はよき日である、か。自分で言っておいて何だが、その本質を、我もよくわかっておらんかったようだな」

しみじみと言って、朋代の頭にすり寄る。

「こらこら、そう嘆くでない、朋代。誕生日を祝うこと自体は反対しておらんぞ。我らの誕生を祝うのも、悪いことではない」

「うむ。まあ確かに……別に祝ってはいけないことではないな」

ハガミも気を遣うように同意する。朋代が顔を上げた。

「良いではないか、誕生日。三人で盛大に祝うとしよう。ハガミに料理を作ってもらって、我もとびきりの酒を作ろうではないか」

「それってなんか、いつも通りじゃない？」

朋代はもっともなことを言った。しかしアラヤマツミは「ホッホ」と笑う。

「いつも通りでも構わんではないか。誕生日を祝うということ自体が特別なのだから」

「それもそう……かな？」

なんかうまいことを言ってごまかされているような気もする。

難しい顔をしていると、アラヤマツミは楽しそうにしゅろしゅろと舌を出した。

「細かいことは気にするでない。ああ、我らの誕生日が楽しみだのう」

そう言って、きらきら光る金色の瞳を閉じて笑う。

朋代はしばらくアラヤマツミをジッと見て——。

「そうだね」

納得したように穏やかな微笑みを浮かべるのだった。


それからしばしの日が経ったころ——。

休日の昼、麻理がふらりと訪ねてきた。

「こんにちは。そこの商店街で買い物したついでに寄ってみました。忙しくなかったですか？」

「いらっしゃ〜い！　休みの日は大抵暇を持て余してるから、お客さんは大歓迎よ。入って入って」

朋代が玄関で迎え入れると、麻理は嬉しそうな笑顔を見せて、身体をかがめて靴を脱ぐ。

その時、彼女が肩にかけていたトートバッグの中から、緑色の見覚えのあるものが見えた。

「あ、それ……」

朋代が思わず声を出すと、麻理が顔を上げる。

「はい？」

「あ、いやその、トートバッグがやけに膨らんでるから、何入れてるのかな〜って思って」

取り繕うように慌てて言うと、麻理は「ああ」と言ってふんわりと微笑む。

「本ですよ。そこの商店街にある古本屋さん、結構品揃えがいいんです」

「へえ、どんな本を買ったの？」

リビングに案内しながら訊ねると、麻理はちょっと恥ずかしそうに俯いた。

「えっと……河童とか……妖怪に関する書物です。民俗学の視点で読み解く妖怪の解析が面白いってネットに書いてあって、それに関する本を、少し」

そう言うと、麻理はハッとした顔をして、両手を忙しく横に振る。

「あ、こういうの読んでるって、河野さんには言わないでくださいね！　恥ずかしいので」

すると、リビングでゲームに興じていたアラヤマツミが「いらっしゃいなのじゃ」と言いつつ、ひょいと顔をこちらに向ける。

「話を聞いていたが、なぜ恥ずかしいのじゃ。むしろ喜ぶであろう」

「いやあ……だって、なんだか、彼のことを根掘り葉掘り調べるのって……ストーカーみたいじゃないですか」

ぽりぽりと頬を掻きつつボソボソ言い訳する麻理に、朋代は思わずぷっと噴き出してしまった。

「あははっ！　麻理ちゃんってホント可愛いわね〜！」

「なっ、可愛いの意味がわかりませんっ！」

顔を赤くして怒った顔をするのがまた愛らしい。麻理なりに、河野を深く理解しようと努力しているのだ。いじらしいというか、一途（いちず）というか。それを可愛いと言わずして何と言おう。

麻理はちょっと拗（す）ねた様子でソファに座ると、トートバッグからメモ帳とペンケースを取り出した。

先ほど玄関でちらりと見たが、間違いない。あれは河野が選んだペンケースだ。河童のラバーストラップもきちんとついている。

「ネット情報を頼りに古本を探すのって、結構難しいんですね。最初に図書館に行ったんですけど、見つからなくて。古本屋ならあるかもと言われて、この商店街まで来たんですよ」

「確かに、人気の漫画とかならネットの古本ショップで買えそうだけど、学術系ってなると探しづらいかもしれないわね。そういえば……そのペンケース、新しく買ったの？」

さりげなく訊ねてみると、麻理が照れくさそうな顔をした。

「あ、いえ。これは誕生日プレゼントで頂いたんです」

「誰に誰にっ？」

答えは知っているが、あえて訊ねる。後ろのほうでハガミが小さくため息をつき、

「ほんにそなたはごしっぷ好きであるな……」と呟いた。

「あの、河野さんに」

「きゃーっ！」

わけもなくハイテンションになって、朋代はべしべしソファを叩く。

「朋代がのりのりじゃのう……」

アラヤマツミが呆れ気味に言った。

つまるところ、朋代は友達のコイバナが大好きなのである。結婚式の招待状は好きではないが。

「よかったね～！　お誕生日おめでとう！」

「ありがとうございます。こんなのもらえるなんて思ってなくて、びっくりしてしまいました」

えへへ、と麻理がはにかんで笑う。そして河童のラバーストラップを指で優しく揺らした。

「自分をデフォルメしたペンケースだなんて洒落が効いてるっていうか。河野さんってこういうお茶目なチョイスをするんだなあって意外に思いました」

「彼なりに頑張って選んだのよ、きっと。麻理ちゃんに喜んでもらうためにね」

「そうだったら、私も嬉しいですね」

麻理はペンケースから万年筆を取り出す。

「これもいただいたんです。万年筆は使ったことなかったんですが、想像していたよりもずっと書きやすくて、字を書くのが不思議と楽しかったんですよ。そんなふうに思えたのは初めてでした」

ほら、と言って、麻理がメモ帳を開く。

万年筆のインクは緑と青が入り交じった色。まるっとした可愛い字が並んでいる。

「このインク、不思議な色ですよね」

メモ帳を見つめて、麻理が呟いた。

「なんか、河野さんの瞳の色に似ていて……素敵だなって思いました」

そう口にした麻理の瞳は優しく細められて、穏やかな手つきで字を撫でる。

やがて我に返った様子で、ぱっと顔を上げた。

「あっ、いや、別に河野さんの目が素敵っていうわけじゃなくて、いや、素敵ですけど、そういう意味じゃないですから。純粋に綺麗だなあって思っただけですからっ」

「なに慌ててるのよ～。まったく嬉しそうなんだからっ」

なんて、ちょっと呆れた言葉を投げつつも、朋代はしまりのないニヤニヤ顔をしてしまう。

ハガミがお茶を持ってきて、じろりと朋代を横目で睨んだ。

「いい加減、人の恋路を弄ぶでない。今に馬に蹴られるぞ」

「弄んでないも～ん！　温かく見守ってるだけじゃない！」

「こ、恋路とか。ハガミさんも何言ってるんですかっ！　そういうんじゃないですから！」

顔を真っ赤にした麻理が手をパタパタ振って否定する。

アラヤマツミはそんな麻理を楽しげに見つめて――。

「確かにこれは、長い目で見守るくらいが丁度いいのであろうな」

と、金色の瞳を細めるのだった。

第二章 おうちであやかし夏祭り

みーん、みーん。

鳴り止まない蟬の大合唱を聞いていると、朋代はいつも『夏だなあ』と当たり前のことを考える。

だが、朋代は今、極寒の極地にいるかのようだった。二階の押し入れから冬用の毛布を引っ張り出して身体中に巻き付け、ホットティーで暖を取っている。

みーん、みーん。

「こんなに外は暑そうなのに、なぜ私は寒さでガタガタ震えているのか！　って間違いなくマツミくんのせいですよね！」

我慢できなくなった朋代は、ばっと毛布から出ると、エアコンのリモコンに手を伸ばす。

しゅろっ！

しかしそのリモコンはアラヤマツミがすばやく尻尾で巻き取って、瞬時に自分の寝床の奥に隠してしまった。

「むむう～、こやつめ結構やりおるわ」

頭突きで器用にコントローラーを操作し、格闘ゲームに熱中している。

朋代は「きえーっ」と奇声を上げると、次はアラヤマツミの寝床に手を突っ込んだ。

「いい加減にしなさいよ。どんだけ冷房を効かせているの。寒すぎる！」

「どこを触っておるのじゃ！　神罰が下るぞ、神罰がー！」

「へー下せるものなら下してみなさいよ。とりゃ！」

手探りでリモコンを探り当て、奪い取る。

「じゅ、十五度!?　こんなん寒いに決まってるでしょうがっ」

朋代はピピピとエアコンの温度を上げていく。アラヤマツミが「なんと無体なことをするのだ～！」と、胴体をピーンと伸ばした。

「朋代は我を干からびさせる気かっ」

「そんなヤワな身体でもないくせに何を言うか。こっちが凍死するわ」

「朋代こそ、そのような繊細な身体でもないくせに可愛い子ぶるでないわ」

なにをー！　なんじゃとー！

いつもの調子の侃々諤々。キッチンのテーブルに座ってのんびり縫い物をしていたハガミがため息をつく。

アラヤマツミはとにかく暑がりで寒がりだ。やっぱり本当は蛇なんじゃないの？　と朋代はひそかに思っているが、アラヤマツミに言わせれば、神の体は繊細にできているのだそうだ。

そんなわけで、夏になると必ずふたりは喧嘩している。

とにかく部屋の温度を下げたいアラヤマツミと、冷え性だから温度を上げたい朋代の攻防戦だ。どちらかが違う部屋に行けばいい話なのだが、お互いリビングを譲りたくない。

ハガミが呆れるくらい、低レベルで不毛な争いを繰り返しているのである。

世間は今、夏休み真っ盛りの八月。

しかし大人になってしまった朋代に夏休みはない。今日は単なる土曜日だ。

「いいこと、マツミくん。普段からぐーたらしてるあなたと違って私は仕事しているの。そして今日は週に二日ある貴っ重〜な休日なの。私を労うべきじゃない？　だから温度上げなさい」

「それとこれとは話は別じゃ。部屋の温度が低くても、我はそなたを充分労っておる。それにな朋代。そなたは我という存在をもっとありがたがるべきなのじゃぞ。部屋の温度くらいできゃいきゃい言うでない。我がここにおるだけではっぴねすであろう!?」

なにをー！　このわからずやー！

いつまで続くのだろうと呆れた顔で、ハガミは黙って縫い物を続ける。彼は特に暑さも寒さも感じないので、エアコンの温度はどうでもよいのだろう。ただもう少し、リビングが静かになればいいな、くらいは考えていそうである。

その時、ピンポーンとチャイムが鳴った。

「あれっ、お客さんだ。誰だろう」

「遥河たちではないか？」

「いや、置き薬の約束はしてないはずだけど……」

アラヤマツミにそう言いつつ、朋代はインターフォンのモニターを見た。

『やっほー』

「あっ、雪乃じゃない。今開けるわね」

モニターに映っていたのは知り合いだった。朋代はばたばたと玄関に走ってドアを開ける。

「いらっしゃい～！」

「今日はオフだから遊びにきちゃった。こんにちは～って、寒！」

雪乃は思わず両腕を手で抱きしめた。

「ごめん……。マツミくんがすごく暑がりでね」

「うああこれはキツい。真夏のデパート並みにキツい！」

雪乃はその場でぐるぐる回りながらカチカチ歯を鳴らす。

腰まである黒く艶やかな髪。涼しげな睫(まつげ)に、形の良い唇。しなやかな身体はスマートで、同性である朋代でさえうっとりと見蕩(みと)れてしまうほど、凄みのある美女。

それが雪乃。正体は雪女という妖怪である。

「マツミくん、雪乃が来たから温度上げるねっ」

朋代はリビングに入ると容赦なく温度を上げた。アラヤマツミは非常に残念そうな顔をしながらも「仕方ないのう」と諦める。

雪乃は極度の冷え性なのである。雪女なのに冷え性とは何とも矛盾しているように思えるが、理由を明かせばエアコンのような機械で冷やした寒さが苦手なのだ。なので、自然の寒さならまったく問題ない。雪乃曰く、猛吹雪の極寒の地であっても裸で踊れるくらい余裕なのだそうだ。

「とりあえずソファにでも座ってよ。飲み物はアイスティーでいい？」

「うん、ありがとう」

室内の温度が上がって、雪乃はようやくホッと一息ついたようだった。朋代はキッチンの冷蔵庫を開けてアイスティーが入ったガラス製のボトルを出す。

「最近、はーくんの紅茶を淹れるスキルがレベルアップして、すごくおいしくなったんだよ」

「本当？　すごいね。私なんかいつもペットボトルなのに」

「コツはたくさんの水で作ることなんだって。沸騰したところで火を止めて、余熱で茶葉から抽出するの。そうだよね、はーくん」

グラスにアイスティーを注ぎながらハガミに顔を向けると、彼は縫い物を終わらせて「うむ」と頷く。

「アラヤマツミ殿がいんたーねっとで知ったことを教えてもらったのだ」

「相変わらずハガミくんってそのへんが苦手なんだね」

くすくすと雪乃が笑う。ハガミは朋代の家に棲み始めて何年か経つが、いまだにインターネット関係が苦手なのだ。パソコンも面妖すぎて触れられないらしい。

「むしろ何でも柔軟に受け入れられるアラヤマツミ殿が珍しいのだと思うぞ」

「確かに、こんなにネットに精通していて、しかもゲーマーな神様って他にいなそうだよね」

雪乃にアイスティーを渡しながら朋代が笑った。

そんなくだんのアラヤマツミはといえば、雪乃の隣でとぐろを巻き、幸せそうに目を和ませていた。

「はぁ〜気持ちいいのう〜」

「何やってるの、マツミくん」

「雪乃のそばにおると、ちょうどいい感じに涼しいのじゃ。心地良く快適なのじゃ〜」

「んん？　どれどれ」

朋代も雪乃の隣に座ってみた。すると——。

「ひんやり！　雪乃がめちゃくちゃひんやりしてる！」

思わずぎゅっと抱きしめてみた。

「ああ、これは気持ちいい。まるでここだけ富良野のよう……！」

言語化し難い心地よさだ。エアコンとはまた違う。自然が織りなす気候的な涼しさと言おうか。雪乃のそばはまさしく避暑地なのである。

「あのね、人を冷却機扱いしないで欲しいのだけど」

雪乃が困った顔をした。朋代は「ごめんごめん」と謝って、少し距離を取った。

「それにしても、いきなり来るからびっくりしたよ。どうしたの？」

「あー、いや。たまたま今日はヒマだったからね。うん」

　雪乃は話をそらすように目を泳がせつつ、アイスティーを飲んだ。

「そういえば、朋代たちって最近どう？　私、ここ数ヶ月は忙しくてバタバタしてたから、皆の近況とか全然聞いてないのよね」

　雪乃が改まったように尋ねてくるので、朋代は「うーん？」と天井を仰ぐ。

「そうねえ。ウチは相変わらずって感じ。河野くんと麻理ちゃんも、特にトラブルはない感じかな。左近さん一家とはたまにメールするくらいで、最近は直接会ってないね」

「そっかあ。私のほうも、薬の点検に河野くんたちが来てくれるんだけど、それくらいしか会ってないのよね。久々に皆で集まってもいいかも」

　アイスティーに口をつけながら、雪乃がのんびりした口調で言う。

　朋代は「確かにそれはいいかも」と思った。今まで何度か、近所に住んでいる妖怪仲間で集まることはあったけれど、大抵は何らかのトラブルがあった場合が多かったのだ。

　そうじゃなくて、目的もなくただ会いたいという理由で集まるというのも、案外悪くないかもしれない。本来、仲間が集まるのに理由なんて必要ないのだから。

「でも、皆忙しいからなあ……」

　休みが合うといいんだけどと朋代が呟いた時、キイッとリビングの扉が勝手に開いた。

　朋代はぎょっとしてそちらを見る。

すると、扉の向こうにこれまた見知った顔の女の子が立っていた。

「相変わらずここは賑やかねえ」

「椿ちゃん！　いらっしゃい～」

白い生地に、鮮やかな椿が描かれた着物を着た、十歳くらいの女の子。

さらさらと手触りの良さそうな黒髪は、肩の上で綺麗に切り揃えられている。

「今日はお客さん日和ね。どうぞ入って～」

朋代が歓迎すると、椿はぺこりと頭を下げて、しずしずとリビングに入ってきた。

彼女の名は椿。彼女もまた、この街に棲む妖怪『座敷童』である。

今は麻理と一緒に暮らしていて、時々こうやって知り合いの家に遊びにくる。座敷童である彼女は『家屋』から離れることができないのだが、押し入れやクローゼットを介して他人の家に移動することができるのだ。

ちなみに、椿が遊びにいく家は圧倒的に朋代の家が多い。なぜなら――。

「ハガミ」

「うむっ」

朋代の家には、ハガミがいるからだ。

椿がハガミを名指しすると、ハガミが慌てて椅子に座り直し、膝をぱっぱっと手で払った。すると椿は満足したように頷いて、ハガミの膝によいしょと座る。

「うん。やっぱりこの椅子が一番いいわ。大きくて安定感があって、座高が少し上がるのがいいわね」

「我は椅子かっ」

思わずハガミがツッコミを入れる。すると椿がじろりと彼を睨み上げた。

「なによ。あたしが満足するまで絶対服従って決めたでしょう？」

「それはそうなのだが」

「だからハガミは椅子なの。あたしの召使いなの。さあ、おいしい果物を寄越しなさいっ」

「膝に座られては、我も動けぬのだが」

「それくらいなんとかしなさいよ。天下の天狗様でしょ？」

「無茶を申すな！　まったく……果物といっても、うちにはスイカしかないぞ」

「仕方ないわね。スイカで許してあげるわ」

ツンとそっぽを向く椿の身体をそっと持ち上げて椅子に座らせたハガミは、やれやれと呟きつつ、冷蔵庫からスイカを取り出した。

「種は取ってね」

「わかったわかった」

一見すると、まるでワガママな娘と甘やかしが過ぎる父親である。しかしふたりは当然親子ではない。ただ、とても微妙で複雑な関係なのだ。

数年前、ハガミがまだ悪い妖怪で、辺りの人間に迷惑をかけていたころ――。

椿は、人間を憎むハガミにそそのかされて、危うくその身を悪行に利用されかけたのだ。しかし河野や麻理が、左近の協力を得て椿を説得し、ハガミの企み（たくら）は阻止された。

そんな経緯もあって、ハガミは椿に対して大変負い目を感じているのである。そして椿は、騙された怒りもあってすっかりハガミには言いたい放題でやりたい放題のワガママ娘になってしまったのだ。

しかし何だかんだいって、ふたりの仲は悪くない。

椿はハガミに対してだけ、子供らしく甘えているようにも見えるし、ハガミはハガミで、幼い椿を親のように見守っているふしがある。

ただ、いつもは厳格で冷静なハガミが椿の前ではタジタジになってしまうので、朋代はついつい微笑ましく見てしまうのだ。

ハガミはスイカを椿が食べやすいように小さくカットして、種も取り除き、ガラスの器に盛ってテーブルに置く。

「ほれ、スイカだ」

「真っ赤に熟れておいしそう。ありがとう。いただくわね」

椿は行儀良く両手を合わせると、上品な仕草でスイカを食べ始めた。

ちなみに彼女は果物が大好物である。他のものはあまり食べないが、果物やお菓子なら喜んで食べる。以前は和菓子ばかり食べていたが、最近は、一緒に住んでいる麻理の影響を受けているのか、洋菓子も好んで口にしているようだ。

「椿のほうは最近どうなの？　麻理ちゃんとうまくやってる？」

ソファに座ったまま、雪乃が尋ねた。椿はぱくっとスイカを食べてから、ことりとフォークをテーブルに置き、ハガミが淹れた温かい日本茶をずずっと飲む。

「ええ、仲良くやっているわよ。時々喧嘩もしちゃうけど、そこはまあ許容範囲ってところね」

「へ～。あの穏やかで朗らかな麻理ちゃんでも怒ることがあるんだね」

朋代が感心したように言うと、椿は呆れたような目でこちらを見た。

「あなたは麻理を誤解しているわね。彼女は結構怒りっぽいのよ。あたしが高級果物を全て食べてしまった時には『私の分を残しておくのが人情でしょ～!?』とか言って泣きながら怒っていたし」

「そりゃ怒るよね。私でも怒るわ」

朋代が即答すると、椿は不満そうにぷくっと頰を膨らませる。

「そこに果物があったらぜんぶあたしのものかなって思うじゃない、普通！」

「思わないわよ！　私なら半分くらい残しとけって言うわね」

「あたしだって最初にそう言ってくれたら残していたわ。そこまで卑しいつもりはないもの。でも麻理ったら『言わなくてもそうすると思った』とか言って恨みがましい目で睨んできたのよ。そりゃあちょっと悪かったかなって思ったけど、睨むことないじゃない！」

その時の喧嘩を思い出したのか、椿は顔を赤くして怒り出す。

（なるほど。そういう喧嘩は日常茶飯事ってことか。はたから見てる分には可愛いかも）

まるで本当の姉妹みたいで、微笑ましい。

「あとは……そうね。あたしは基本的に家から出られないから、最近は麻理が仕事に出かけている時は、おうちの中を掃除しているのよ」

「ほほう。我のようなことをしておるのだな」

ハガミが感心したように言った。椿はツンとそっぽを向く。

「べ、別に、ハガミを見習ったわけじゃないわ。ヒマだったし……テレビを見るのも飽きたの。それにお掃除自体は面倒だけど、部屋が綺麗になるのは好きだからね」

そう言って、椿は取り繕うようにスイカを食べた。

「部屋の空気を入れ換えて、ほうきで床を掃き清める。それだけであたしの身体は軽くなるの。座敷童にとって清潔な部屋は何よりも居心地がいいものなのよ」

「へえ～。そういうところが座敷童ならではっていう感じがするね」

朋代は感心したように頷いた。こうやって妖怪の日常の話を聞いているだけでも楽しいものだ。妖怪の普段の生活ぶりとか、普通に生きていたら一生知ることはないと思う。

「ところで……雪乃よ」

しばらく雪乃のそばで涼んでいたアラヤマツミが、ふと思い出したように顔を上げた。

「そなた、我々に何か相談があって来たのではないか？　先ほどからやけにそわそわしておるぞ」

「う……。アラヤマツミ様は何でもお見通しなんですね」

雪乃が観念したようにがっくりと項垂(うなだ)れる。

アイスティーのおかわりをグラスに注ぎつつ、朋代は首を傾げた。

「相談？　もしかして本当はそれが用事だったの？」

「いや、それだけじゃないわよ。本当に朋代たちの顔が見たかったっていうのもあるもの。でも、まあ、確かに、アラヤマツミ様の言う通りであります。はい」

ショボンとして、落ち込んだ様子の雪乃。

こんなに深刻そうな顔をしている彼女は珍しい。いったいどんな相談を持ってきたのだろうと朋代は心配になった。

「実は……」

ごく、と皆が生唾を吞む。

「ラジオ番組のネタがないの」

ガクッと全員がずっこけた。

「な、なによそれ～！　そんなことで悩んでたの!?」

思わず朋代がツッコミを入れると、雪乃は「そんなこととは何よ～！」と怒り出した。

雪乃の職業は『ラジオＤＪ』である。地元の放送局で、平日は毎日午前中の番組を担当しているのだ。朋代の職場ではよくラジオを流しているので、仕事の合間に彼女の声を聴くのは心の癒やしである。ちなみに河野や麻理も、車で移動している間によく雪乃のラジオ番組を聴いているらしい。

「結構深刻なんだからね。一年くらい前から、毎週水曜日の番組で地元ならではの様々な情報を発信するコーナーがあるんだけど……」

「ああ。『お得で楽しいライクタウンのコーナー』ね」

朋代もよく聴いているから知っている。この街で催されるイベントや、お得なキャンペーン、巷で人気のパン屋からゲームセンターの景品交換まで、多種多様な情報を発信するコーナーである。一体どこからネタを集めてきているのだろうと感心するほど、その情報の種類は豊富だ。やけに食べ物のネタが多いのは、雪乃の趣味なのかもしれないが。

「今まであの手この手でネタを掻き集めてきたんだけど、最近マンネリ化してきているのよね。かといって、あっと驚くような奇抜なネタがそう都合よく見つかるはずもなくて、困っているのよ」

「なるほど～。確かに毎週あそこのパンがおいしいとか、ここのケーキが人気とか、食べ物ばっかりだと飽きるよね。ちなみに、前から気になってたんだけど、どうして食べ物ネタが多いの？」

「それは……！　私の趣味がスイーツ食べ歩きだからです」

やっぱり趣味を兼ねていたかと朋代は納得する。

「でも毎週地元のネタを探すって、よく考えてみると大変ね。誰かがネタを用意してくれるなら楽だろうけど」

「そうなのよ～！　プロデューサーは、そのあたりがすっごい適当なの。『いいよいいよ、雪乃ちゃんが話したいことを好きに話してくれたら～』ってね。そんな簡単に言うけど、毎週話したいこと話してたら、さすがにネタ切れするわ！　ってキレる寸前ですわよ」

ぷんぷんと雪乃が怒る。妖怪の雪女がラジオＤＪって、よく考えるとすごく面白い話だ。それこそネタにできるのではないかと朋代は思う。まあ、ネタにできるはずもないのだが。

「うーん、地元ネタねえ。そういえば、来週の日曜日はこのあたりで地域まつりがあるわよ。街の大きなお祭りじゃなくて、ここの町内会でやる小さい規模のものだけどね」

ふと思い出したイベントを口にすると、雪乃はガバッと身体を起こして朋代の両手を握りしめる。

「それよ、そういうネタを探していたのよ。やったー来週のネタもらいっ！　ねえ、来週のお祭り一緒に行きましょうよ。もしかしたら他にもいいネタが拾えるかもしれないし」

「うん、その日は特に予定ないし、構わないわよ」

朋代が了承すると、雪乃は嬉しそうに握った手をぶんぶん振った。

「地元の小さな夏祭りかあ。そういえば、あたしが棲み着いていた集落でも、昔はお祭りをしていたわね。今は住む人も減ったからやってないみたいだけど」

再びハガミの膝に乗った椿が、昔を懐かしむように言った。

「お祭りの前日から、皆どこかそわそわしていてね。当日の朝に空砲が鳴るの。それがお祭りをするよって合図なんでしょうね。お昼が近くなったころ、どこからか祭り囃子が聞こえてきたわ。子供たちは親からおこづかいをもらって嬉しそうに走って行くの」

ふふっと笑って、椿は瞳を優しく和ませる。

「あたしは家から出ることができないから、お祭りがどんな感じなのか近くで目にしたことはないけれど、皆の幸せそうな顔を見るのは嫌いじゃなかったわ。家の人が幸せになると、住む家もキラキラ嬉しそうに光るの。あたしはその光を見るのが好きだった」

椿はとある家に棲み着く座敷童だった。

何代も家の当主が変わっていく中、ずっとその家を見守っていた。

けれども、その家にはもう……今は誰もいない。

椿ひとりを残して、皆死んでしまったのだ。椿が一番大切に思っていた人間も、若くして亡くなってしまった。

河野や麻理が椿と初めて出会った時、彼女は誰も住んでいない廃墟と化した家の中で、ひとり佇んでいたのだという。

昔を思い出す椿が、あまりに幸せそうだったからだろうか。

朋代はなんだか、今の椿がほんの少し寂しそうに見えた。今は傍に麻理がいて、妖怪の仲間だって周りにいる。それなのに――。

彼女はもしかしたら、昔に垣間見たあの小さな夏祭りをまた見たいと思っているのかもしれない。

お茶とお菓子で団欒(だんらん)して、やがてその場はお開きとなる。

椿は二階にあるクローゼットから麻理の家に戻っていき、雪乃も帰り支度を始めた。

「じゃあ朋代、あとでメールするからね」

「了解。……ねえ、雪乃」

しばらく難しい顔をしていた朋代は、意を決して雪乃を見る。

「あのさ、ウチで夏祭りできないかな？」

「へ？」

唐突な提案に雪乃がびっくりした顔をするので、朋代は慌てて説明を始めた。

「えっとさ、ウチ、狭いけど一応庭があるのよね。だからそれっぽい感じにできないかな〜って思ったの。ほら、椿ちゃんって家から出られない妖怪だけど、庭までなら出られるんでしょ？」

確か椿の移動可能範囲は家の敷地内であれば屋外でも大丈夫だったはずだ。麻理が初めて彼女に会ったのも庭だったようだし、雪乃の家に遊びに行っている時も、よく庭で毬突(まりつ)きなどをしている。

雪乃はあっけに取られた顔をした。しかしすぐにぱあっと明るい表情になる。

「それ、すごく素敵だと思うっ！」

「わっ⁉」

雪乃が勢い余ってハグしてきたので、朋代は驚いた。するとアラヤマツミも近づいてきて、嬉しそうにその場でグルグル回る。

「とても良い話じゃや。朋代にしては冴(さ)え渡ったぐっどあいであであるぞ〜！」

「そ、そう？　ていうか『朋代にしては』って何よ」

ジト目でアラヤマツミを睨むと、ハガミも傍にやってきて、おもむろに朋代の頭をぽふぽふと優しく叩く。

「やれることは限られているが、不可能ではない。椿に夏祭りを体験してもらう……。我も賛成だ。きっとあの子は喜ぶだろう」

「そっか。だといいな」

へへ、と朋代は笑みを浮かべた。なんとなくの提案だったが、皆乗り気のようだし言って良かったと思う。

かくして来週の地域まつりは、雪乃のネタ集めと夏祭りのリサーチを兼ねて、皆で行くことになったのだった。

そして、地域まつり当日。

その日は——猛暑であった。今年最高の気温を叩き出し、熱せられたアスファルトはまるで熱を帯びた鉄板のよう。

みーんみーんと蟬は元気に大合唱し、真っ白に輝く太陽は容赦なく人々を照らす。

「あっつぅうう」

蒸れた帽子をぱたぱた仰いでから被り直し、朋代は暑さに辟易(へきえき)しつつ呟いた。

「これは我、そのうち溶けそうであるな」

珍しく人間姿に擬態したアラヤマツミは、浴衣姿で日傘を差している。その顔は涼しげで汗ひとつかいていないのだが、金色の瞳がどんより澱(よど)んでいた。

「我は特に暑さを感じぬが、周りの人間たちを見るに、だいぶ暑いのはわかるぞ」

アラヤマツミと同じく人間に擬態したハガミは、いつもは黒い作務衣姿なのだが、今日は藍色の浴衣を着ていた。肩幅が広く、相貌の整った中年男性の浴衣姿は意外とサマになっていて、はっきり言うと大変恰好良い。美形のアラヤマツミと並んで歩けば、道ゆく女性たちが皆うっとりした顔をして眺めていく。

「いや～ふたりとも、そんなこと言いながらしっかりお祭りを楽しむ気でいるわよね。お洒落に気を遣うアラヤマツミ様はともかく、ハガミくんまで浴衣で来るなんて思わなかったわ」

普段着の雪乃が笑った。ハガミが照れたようにコホンと咳払い（せきばら）をする。

「わ、我は別に、いつもの作務衣で良いと思ったのだが、アラヤマツミ殿がどうしても浴衣にしろと仰る（おっしゃ）のでな」

「そうそう。煩（うるさ）かった」

雪乃と同じく普段着の朋代が腕組みをして何度も頷く。

「せっかくの祭りなのじゃ。本来祭りとは、神に感謝し、変わらぬ恵みを祈願するための儀式。祭りという言葉は、神を『祀る』が語源とも言われておる。今となってはその概念もずいぶん変わってしまったが、装いは相応に整えるのが人間への礼儀というものであろう」

指を振りつつ説明して、アラヤマツミが艶やかな笑みを見せる。

「だいたい、そなたらは何故普段と変わらぬ服装なのか？　浴衣で来ればよかったであろうに」

そして少し不満げに言った。朋代と雪乃は顔を見合わせてから「だってねえ」と言い訳する。

「浴衣ってめんどくさいし」

「いざって時に動きづらいのも難よね」

「そなたら本当に似た者同士というか、揃って情緒がないのう……」

はあ、と呆れたようにアラヤマツミがため息をつく。

その地域まつりは、ハガミがよく買い物で通っている商店街で行われていた。魚屋も八百屋もそれぞれ出店を出して、様々なものを売っている。

「へー。地域まつりって言うからもっと小規模なものだと思っていたけれど、結構ちゃんとしたお祭りじゃない。ワクワクしてくるわね」

雪乃は楽しそうにあちこちスマートフォンで撮影している。

お祭り会場と化した商店街は、色とりどりの提灯（ちょうちん）やペナントで賑やかにデコレーションされていた。

猛暑日だが客足は多く、割と混雑している。

「ふむ。日傘は迷惑かのう。控えておくか」

アラヤマツミは少し残念そうに日傘を畳んだ。そして早速、出店を見ながら歩き始める。

「まあ、さっきはああ言ったけど、確かに浴衣ってお祭りの雰囲気作りに持ってこいよね」

「そうね〜。朋代の家でやるお祭りでは、私も浴衣を着て行こうかしら」

「いいわね。麻理ちゃんや左近さんにも伝えておかなきゃ」

すると、向こうから御神輿(おみこし)を担いだ人たちがやってきた。道を空けて、しばらく眺める。

御神輿はまるでパレードのようだった。御神輿を担いで歩く人、周りで盆踊りをする人、そして演奏する人が列をなしてゆっくりした歩調で進んで行く。

「演奏しているのは、近くにある学校の吹奏楽部って感じだね〜」

「この盆踊りって有名な炭坑節だよね。この歌を聴くとお祭りだ〜って感じがするわ」

朋代と雪乃が話していると、アラヤマツミがどこか懐かしそうな目をした。

「そういえば、我が棲んでおった山のふもとでも、年に一度祭りをしていたのう。それは豊穣(ほうじょう)の祈りと山への感謝であった。社(やしろ)にも、たんと供え物がされたものよ」

「我はもう覚えておらぬが、きっと我が棲んでいた西の山でも、何らかの祭りがあったのだろうな。祭りの様相はまったく違うのだろうが、この雰囲気はどこか懐かしいものを感じる」

ハガミもしみじみした口調で言った。

それにしても、先ほどから朋代たちの横を通り過ぎる人たちが、どこかうっとりと気持ちよさそうな顔をしているのだが……。いったいどうしたのだろう?

「さあ、そろそろ出店のものを食べましょうよ。私、わたあめが好きなのよね」

雪乃がくるっとこちらを向いた。その瞬間、ふわっと心地良い冷気が頬を撫でる。

「あ、これか」

朋代はようやく納得した。スススと雪乃の傍に寄ってみる。

「ああ～これはめちゃくちゃ気持ちいい～！　雪乃って本当、存在が素晴らしいわ」

「なんだ、我がこっそり涼んでいたのに！　雪乃の右側は渡さぬぞ！」

アラヤマツミが慌てたように雪乃の右手を摑んだ。朋代は負けじと彼女の左手を摑む。

「なら私は左側を独占するわっ！」

「あのねえ」

雪乃がぱっぱっと手を振り払う。

「私は携帯扇風機でもクーラーでもないのっ！」

「でもほら、道ゆく人たちも、雪乃の傍を通ると気持ち良さそうにしてるよ」

朋代が指摘するとおり、雪乃の傍を通る人は皆、うっとりした顔をしていた。

じりじりと身を焦がすような夏真っ盛りの屋外。

そんな中、雪乃は言うなれば、一瞬の爽やかな涼風。誰だって気持ちいいに決まっている。

雪乃はムッと不満そうに唇を尖らせて、ずんずん前を歩き出した。

「もう～私だって好きで雪女になったわけじゃないの。人を便利に扱わないで」

「ごめんごめん。でも隣は歩きたい！」

朋代が小走りで雪乃に近づくと、彼女はちょっと機嫌を直した様子で「ホント調子がいいんだから」と苦笑した。

そんな時、再びふわっと冷たい風が朋代の頬を撫でる。

「あれっ、なんだろ。今涼しい風が向こうから来た気がする」

「もしや、あれではないか？」

ハガミが指をさした方向には、かき氷の看板が掛かっていた。

「ああ、夏祭りといえばの定番だよね」

朋代たちはぞろぞろと店に近づいた。猛暑日はソフトクリームよりかき氷のほうが売れるという噂があるが、そのかき氷屋も人気らしく、たくさんの人が並んでいた。

「皆暑いから、冷たいものが食べたくなるんだよね。わかるわ」

「人間は昔から、暑くなるとあれこれと涼を取っていたのう。しかし氷菓子がこんなに簡単に食べられる時代が来るとは。実際に目にするといやはや、愉快な光景じゃ」

イチゴシロップのかかったかき氷をしゃくしゃくおいしそうに食べている子供を見つめて、アラヤマツミは微笑ましそうに瞳を細める。

「昔って、氷が貴重だったのよね。冷凍庫もないし当然か」

「うむ。氷が身近な存在になったのは、そなたが思うよりもずっと最近であるぞ。我が山にいたころは、貴族しか食べられぬ貴重な食材だったのだ」

へー、と朋代が相槌を打つ隣で、雪乃は神妙な顔をしてじーっとかき氷屋を見つめていた。

「どうしたの？」

尋ねると、雪乃がかき氷屋のお品書きを指さす。

「今のかき氷ってバリエーション豊かだな～って、感心していたのよ」

「確かに、昔より増えたかも」

朋代が小さいころは、かき氷といえばイチゴ、メロン、レモン、ブルーハワイだった。しかし今は、ブドウやマンゴー、柚子やグレープフルーツ。数えたらきりがないほど種類豊富である。

「宇治金時もおいしいよね」

「ええ。あれなら椿も好きそう。それにしてもあのかき氷、私の知ってるかき氷とちょっと違う気がする。すごくこう、ふわふわしてない？」

客が食べているかき氷を見ながら、雪乃が首を傾げる。

言われてみたら、それは昔からよくあるかき氷と違っていた。雪乃が言うように、削り氷の面積が広くて、軽そうな感じがする。

「あれは確か、ここ数年で流行り出したかき氷よ。私も食べたことあるけど、口の中でスッと氷が溶ける感じがたまらないのよね。こう、雪を食べる感覚っていうか」

喋っていたら無性に食べたくなってきたので、朋代も列に並ぶ。

「家のかき氷器では作れないの？」

「難しいかなあ。天然氷を使わないとふわふわにならないって聞いたことがあるわ」

すると雪乃が「天然氷？」と問いかける。

天然氷とは、マイナス七度くらいの場所で、少しずつ軟水を流して凍らせていく氷のことを言う。家庭の冷凍庫で氷を作ると、どうしても中心部が白くなるのだが、あれは急速に凍ったせいで不純物が入り込むためだ。それを防ぐために、天然氷はゆっくり凍らせる必要がある。

朋代が説明すると、雪乃が感心したように「へえ～」と相槌を打った。

「ちなみに、その氷を作る条件から冬の山地で作られることが多いのよ。だから『天然氷』って言うんじゃないかな」

「すごーい。朋代って意外と物知りなのね？」

心底感心したように雪乃が言うので、朋代は「意外とってどういう意味よ！」と怒った。

とはいえ朋代も、別に博識というわけではない。前にテレビでふわふわかき氷の作り方を紹介していて、たまたまそれを覚えていただけなのである。

かき氷の順番はもう少しだろうか。朋代が焦れつつ前に並んでいる人数を数えていると、ふいに後ろで女の子同士の会話が聞こえてきた。

「なんかね～スリがいるみたいだよ～」

「えっ怖あ。ヤダ～」

「友達がやられちゃった～。夏祭りを狙った窃盗団が色々悪さしてるって、朝ニュースでやってたよ。ウチらも気を付けないとね～」

朋代は思わずショルダーバッグをぎゅっと握りしめる。

確かに、朝のニュースでそんなトピックがあった。警察によると愉快犯の仕業らしい。インターネットで仲間を集めて、祭りの騒ぎに乗じて悪さをするのが目的なのだ。

「どうして人のものを盗むかなあ……」

そんなことを言っても仕方がないのだが、そう思わずにはいられない。

「どの時代でも悪事をはたらく輩はおるものだが、窃盗は遥か昔より存在し、そしてなくなることのない罪のひとつであるからなあ」

アラヤマツミがのんびりした口調で言った。

「なくならない犯罪か。他には、殺人とか？」

「うむ。それらは、人が人である限り決してなくならぬ犯罪であろうよ」

人が善の気持ちと悪の気持ちの両方を持っている限り、人は完全なる清廉潔白にはなれない。そうあろうと努力することはできるが、その努力を放棄することもできる。

「人が人である限り、か」

朋代が神妙に呟いていると、雪乃はふたりの会話をまったく聞いていない様子で、じーっとかき氷屋を見つめていた。

「天然氷……天然氷……」

「雪乃、どうしたの？」

朋代が訊ねると、彼女はくわっと目を見開いた。

「天然氷、私にも作れるかも。つまりさむぅ～い部屋で、型に軟水を少しずつ入れて、ゆっくり凍らせていけばできるんでしょ？」

彼女はずっと、家でふわふわかき氷を作る方法を考えていたようだ。

「それはまあ理屈ではそうだけど……。そんな器用なことできるの？」

「雪女を舐めるんじゃないわよ。雪と氷を操るのは私のお家芸みたいなもの。人間よりずーっと完成度の高い氷を作ってみせるわ！」

雪乃がやる気を出している。雪女なのに、背中で炎が燃えているように見えるのは、朋代の気のせいだろうか。

「しかし天然氷が作れたとしても、あの商品のように薄く削るのは、それなりの技術や道具が必要になるのではないか？」

黙って並んでいたハガミが、ボソッと口を出した。

「……うむぅ」

　雪乃の炎がシュンと萎む。

「確かに言われてみたらそうかも。業務用のかき氷器を用意しなくちゃいけないのかしら」

「ネットでわかるといいんだけどねえ。後で調べてみる？」

　そんな話をしているうちに、ようやく自分たちの順番が来た。

「私、マンゴー味ください！」

「う～ん……私はブルーハワイで」

「我はしろっぷ抜きで頼む」

「我も」

「あんたらね……」

　朋代は思わずアラヤマツミとハガミに呆れ顔を向けてしまった。ふたりは水と酒以外は滅多に口にしないのである。雪乃や河野は何でもぱくぱく食べているし、ハガミは料理する時に味見もしているから、食べられないということはないのだろう。……単に興味が湧かないのかもしれない。

（マツミくんなんて、私がごはんを食べるところをいつも楽しそうに見ているわりに、自分は食べないのよね。何か拘りがあるのかなあ）

そう思いつつ、朋代は申し訳なさそうに「シロップ抜きの氷のみっていけますか？」と訊ねてみた。すると店員は少し戸惑った様子を見せつつも「いいですよ～」と言ってくれた。

「合計で千二百円になります」

「はーい」

朋代がお金を出そうとすると、雪乃が「あっ！」と朋代の手を摑んで止めた。

「私が出す！　出させて！　そもそも誘ったのは私なんだし」

「ええ～いいわよ。これくらい気にしないで」

「やだやだ。払う！」

雪乃が意固地になったように、ポケットから財布を取り出した。

「うーん、そう？　じゃあご馳走になろうかな」

朋代が財布をショルダーバッグに戻しながら前を向くと、店員はさっそくかき氷を作り始めた。しゃりしゃりと涼やかな音が聞こえて、かき氷は耳でも楽しめるんだなあと呑気に思う。

その時、店員の隣にふらりと、迷彩柄のワークキャップを目深に被った男が現れた。その場でしゃがんで、何かごそごそやっている。

（あの男の人も店員なのかな。何の作業をしているんだろう）

そう思っているうちに、男は奥の路地へと入って行った。

「はい、かき氷四つ、おまちどおさま！」

「ありがとう。二千円でお願いしまーす」

カウンターに置かれたふわふわのかき氷が四つ。雪乃は店員に二千円を差し出した。

「おつり、八百円ね」

店員はその場でしゃがみ、おつりを用意しようとして……。

「ない！」

「えっ？」

「な、ない！　お金の入った金庫が……ないんだ！」

朋代は目を見開いた。おそらく、あの帽子男が窃盗の犯人だったのだ。

「さっき、あやしい男が路地に行ったわよ！　迷彩柄の帽子を被っていたわ！」

慌てて朋代が指をさすと、雪乃がダッシュで走り出した。

「……あの路地に入ったとすると、ぐるりと裏を回って表通りに出て、人ごみに紛れ込むつもりではないかな」

「このあたりの店は長屋のように連なっているので、アラヤマツミ殿の予測が正しければ、やつらは魚屋の横手から出てくるでしょうな」

　やけに冷静な様子で、アラヤマツミとハガミが話している。

「ちょっとふたりとも、何をのんびり話してるのよ。私たちも早く行かないと！」

「まあ待て。ちと耳を澄ますのでな」

　アラヤマツミはあくまで慌てず騒がず、その場で目を閉じる。そしてパッと開くと、表通りのコインパーキングを指さした。

「裏路地に複数の足音が聞こえるぞ。四人……いや、五人だな。いずれも年若い足音じゃ。おそらくこのあたりで手分けして盗みをはたらいたのだろう。そしてあそこの白い車に向かっておるようじゃ」

　アラヤマツミがそう言った途端、魚屋の裏手から複数の若い男たちと、彼らを追いかける雪乃が出てきた。

「さすがですな、アラヤマツミ殿。後は我らに任されよ」

　次はハガミが走った。浴衣を着ているというのに、風のような速さであっという間に雪乃の傍まで行ってしまう。

（最近は全然気にしてなかったけど、はーくんって実はすごいんだよね……）

　人に災いを起こすほどの力を持っているし、妖怪の中ではわりと力のある強者（つわもの）なのだろう。何せ天狗なのだ。心を入れ替えてからはまったく凶悪なところを見せなくなったが、やる気を出すと人間離れした動きを難なくやってのける。

（あれっ、でも、それはそれで、ヤバくない？）

朋代は冷や汗をかいた。だってここはお祭り会場。周りに人がたくさんいる。そんなところで人間離れした行動を取ったら――。

「ちょ、ちょ、ちょっと待っ」

朋代は慌てて走った。しかし一歩遅かったようだ。

「雪乃はあの車を止めておいてくれ。我は悪党どもをやる」

「了解！」

なんだかあうんの呼吸で打ち合わせなどしているではないか。

「待って！　止めるってどうやってー!?」

朋代が声を上げた瞬間、ハガミがふわりと手を上げた。それだけで――逃げていた男たちの頭上に、なにやら黒いモヤが現れる。

「ひええっ！」

「うえー！」

男たちはその場でバタバタと倒れた。皆一様にお腹を押さえている。

異変に気づいたのだろう。コインパーキングで白い軽バンに乗っていた男がぎょっとした顔をすると、慌てた様子で車を発進させようとした。

「させるかあっ！」

雪乃が、その手を空に向かって薙ぎ払う。すると白くて刃のような形をしたもやが、音もなく軽バンにぶつかった。

少し遅れて――ビュオオッと突風のような轟音がする。

それは間違いなく吹雪だった。一瞬だが、この場に吹雪が起きたのだ。

「わあっ、なんだこれ！」

軽バンに乗っていた男が悲鳴を上げる。見れば、その車のタイヤがカチコチの氷漬けになっていた。

「は、腹がいてえ……トイレ、トイレはどこだ」

「痛がってる場合じゃねえだろ！　逃げないと……って、うわあ！」

腹を押さえつつも走り出そうとした男たちが揃ってステーンと滑って転げる。なぜなら足元のアスファルトが、綺麗に凍結していたのだ。

腹が痛いわ滑るわで、完全に無力化されてしまった男たち。その周りには、彼らが盗んだらしき手持ち金庫や、紙幣の詰まった透明ケース、そして複数の財布が落ちていた。

朋代はとりあえず警察を呼んでから、あたりを見回す。

——言い逃れできないほど騒然としていた。祭りに来ていた客も、出店の店員も、あっけにとられた顔をして、ツルツル滑る男たちを眺めている。

「なあ、一瞬だけど……雪が降らなかったか？」

「そういえば数年前も、夏に雪が降ったよね～」

「ていうか、なんで真夏に道路が凍ってんだ⁉」

「それより、あのお金ってもしかして……！」

ざわざわ、ざわざわ。

騒ぎは大きくなるばかり。朋代が頭を抱えていると、忍び足でそろそろと雪乃とハガミが戻って来た。

「ご、ごめんなさい。ちょっと頭にきちゃって、つい」

「軽く呪いをかける程度なら目立たぬだろうと思ったのだが、思いのほか派手だったようだ」

ばつの悪い様子で困った顔をしているふたり。幸い、皆にはこれがハガミや雪乃の仕業だとはバレていないようだが……。

（うーん、どうしよ。ここは慌てず騒がずそっと逃げたほうがいいのかな）

朋代がそう思った時、子供の明るい声が聞こえた。

「わあ、ママー。ここ、すごく涼しいよ」

「まあ、本当。気持ちいいね～」

朗らかな会話。すると女子高生のグループがやってくる。

「すげー涼しいじゃん。もしかしてここで何かイベントしてたの？」

「ミストシャワーじゃない？」

「それにしては、それっぽい設備がないけど……ま、いっか。気持ちいいし」

あっけらかんと笑う女の子たち。すると周りもだんだん、この状況になじんでいった。

「確かに涼しいなあ」

「お祭りによくあるサプライズイベントなのかも」

ほどなく、遠くからパトカーのサイレンが聞こえてくる。男たちはもはや逃げる気力もないほど疲れ果てた様子で、腹を押さえていた。

「はーくん、あれって変な呪いじゃない……よね？」

そっと訊ねると、ハガミはうむと頷く。

「三日ほど下痢に苛（さいな）まれる程度の呪いだ。人のものを盗んだ罰としては、軽いものだろう」

向こうのほうから警官が走ってきた。財布の持ち主が一斉に駆け寄り、こいつらはスリの犯人だと怒り出す。売り上げを盗まれた出店の店員も、怒り心頭といった顔つきで睨んでいた。男たちはすぐに取り押さえられて、パトカーに連行された。

一時の喧騒もようやく落ち着きを見せて、朋代たちはこそこそとかき氷屋の近くまで移動する。

「ふぅ〜。ムカッてくると勝手に手が出るんだよね。反省」

トホホとしおらしい雪乃に、朋代は仕方ないなあと思いつつも、釘は刺しておかねばと注意する。

「できる限りでいいから気を付けてね。びっくりされるどころじゃ済まないんだから」

「うむ。並外れた力を持つ者には責任が伴う。ことは慎重に運ばねばな」

「マツミくぅ〜ん？　あなただってね、はーくんを止めるべきだったのよ〜」

ハガミが後は任されよなんて恰好いいセリフを言って飛び出して行ったけれど、あの場において彼を止められるのはアラヤマツミだけだったはずだ。

当のハガミは居心地悪そうにそっぽを向き、ぽりぽりと首の後ろを掻いている。

すると、かき氷屋の店員が朋代たちに「おーいっ」と声をかけた。

「君たち、さっきはありがとうな。助かったよ」

朋代はビクッと身体を震わせた。もしかして、雪乃とハガミのやったことがバレてしまったのだろうか。

「い、いいえ、私たち、なにもしてませんことよ、オホホ」

笑ってごまかそうとすると、店員は「いやいや」と手を横に振った。

「僕が金庫が盗まれたことに気づいた時、すぐにそのお姉さんが追いかけてくれたじゃないか。それにあんたも警察に連絡してくれた。充分恩人だよ～」

嬉しそうに礼を口にする。やっぱりバレてはいないようだ。朋代は内心胸を撫で下ろす。

(でも、雪女が吹雪を出したり天狗が呪いをかけたりした、なんて……言っても信じないだろうけどね)

それでも、摩訶(まか)不思議な現象がたくさんの人に目撃されたら、大変なことになってしまうので、多くの妖怪は正体を隠して生きているのである。

「しかし申し訳ないな。何かお礼がしたいけど、かき氷をご馳走するくらいしか思いつかないよ。それでいいかい？」

「いえいえ！　本当に大したことしてませんから」

朋代は慌てて手を横に振り、雪乃やハガミに「ねえ」と同意を求めた。するとふたりはうんうんと頷く。

「私は昔から、悪いことをするやつは氷漬けにしなきゃ気が済まない性格なのよね」

「悪行を為す人間に天誅を与えるのが我らの役割でもあるからな」

ふたりの言い分に、店員は首を傾げながら愛想笑いをする。何言ってるんだろうこの人たち、くらいは思っていそうである。

「あらあら！　やっぱりハガミさんじゃないかい」

「さっきは恰好良かったわよぉ〜。浴衣姿なんて粋じゃない！」

人混みの中から複数の中年女性が現れて、ハガミの背中をベシッと叩く。

「ぬおっ。そなたらは、八百屋のおかみに、肉屋の夫人ではないか」

どうやら商店街の顔なじみのようだ。他にもわらわらと人がやってきて、ハガミに声をかけていく。

「ハガミさん足はやいね〜！　俺ぁびっくりしたよ」

「あのあの、ハガミさん、ケガしてませんか？」

「今日はべっぴんさん連れてどうしたんだい。お祭りデートってやつかい！　ガハハ」

どうやら皆、先ほどの捕り物を見ていたようだ。ハガミは照れたように頭を掻き、顔を赤らめる。

「いや、その、そうだな。祭りを楽しんでいたところだ。怪我はない。足が速いのは我の特性のようなものだ。でえとというのは逢い引きのことか。それなら違う。彼女はそうだな、良き隣人といったところだ」

早口だが律儀に言葉を返すところが、何ともハガミらしい。朋代は思わずクスクス笑ってしまう。

だが、いつもなら『ハガミばかりちやほやされてずるいのじゃー！』などと言ってだだを捏ねるアラヤマツミが大人しい。腕を組み、何か考え事をしている。

「ふむ……礼はいらぬが、そうさな……」

そして彼は妙案を思いついたようにパッと顔を上げた。

「すまぬが店員よ。ひとつ我らの相談に乗ってくれぬか。具体的に言うと、我々はそなたの作るふわふわかき氷を自宅で作ってみたいのじゃ。天然氷を使用することは知っておるのだがのう」

店員はすぐに相好を崩す。

「そんなのお安い御用さ。簡単だし、いくらでも教えてやるよっ」

「できれば個性の光る、映え映えでばずり間違いなしのような、見目の良いかき氷の盛り方も、秘訣があれば教えてもらえると助かるのだが」

「映え映えでバズり間違いなしはちょっと自信ないけど、店で出してるような感じでいいなら構わないよ」

「うむ、それで結構だ」

にっこりと満足げにアラヤマツミが微笑む。

朋代は内心、映え映えだのバズりだの、またどうでもいい言葉を覚えたわね……とゲンナリした。

それから一週間が過ぎた休日。

その日の朋代の家は大変賑やかだった。

リビングの窓を開いた先にある小さな庭には、ハガミがバーベキューコンロやクーラーボックスを置いている。そしてリビングの中は朋代と麻理が飾り付けをしていた。

「麻理ちゃんすごいね。そんなにたくさん、どこで作ったの?」

「えへへっ、仕事帰りに左近さんのおうちに通って、コツコツ作っていたんですよ」

先週、朋代は麻理に連絡して、夏祭りの手伝いをして欲しいとお願いした。彼女はノリノリで了承し、今日のために様々な飾り物を作製していたようだ。

色とりどりの薄紙を重ねてホチキスで留めた花飾り。綺麗な柄の千代紙で立体的な花やペーパーボールを作ってつなぎ合わせたガーランド。折り紙を細長くカットして輪っかにして繋いだ輪つなぎ。きらきらの金や銀の折り紙で星やハートを形作った飾り物。それらを壁や天井に張り付けると、リビングは一気にお祭り模様になった。

「時々、河野さんも手伝ってくれたんですよ」

「へー。なんか彼って、そういう細かい作業得意そうね」

「ええ。きっちり定規で測りながら、黙々と輪つなぎを作っていましたよ」

その時のことを思い出したのか、麻理が楽しそうに笑う。

「おはよ～う！　わあ素敵なお部屋になったわね～」

玄関ドアが開き、雪乃がクーラーボックスや大きなバッグを肩に背負ってやってくる。

「おはよ。天然氷は無事にできた？」

朋代が訊ねると、雪乃は自信満々にクーラーボックスを叩く。

「完璧に決まってるじゃない。私を誰だと思っているの。雪と氷の化身なのよ！」

ふっふーんとドヤ顔をする雪乃を、麻理が「さすがですね！」と持ち上げた。そういう時に即おだて上手になれるところがすごいなと朋代は思う。

「ところで、ハガミくんは庭にいるのを見かけたけど、アラヤマツミ様は？」

雪乃がきょろきょろと辺りを見回す。すると朋代は親指で自分の後ろを指した。

「麻理、その星の飾り物はもっと左に寄せよ。花飾りはドアの近くがよかろう。部屋全体のばらんすを考えて飾るのじゃ！」

端に寄せたソファの上で、アラヤマツミがとぐろを巻きながら麻理に口やかましく指示している。

「すごい。メチャクチャやる気に満ちているのに、ご自身は一歩も動いてない……！」

感心したように言う雪乃に、朋代はため息をついた。

「全然すごくないから。あのねえマツミくん。口を出すなら自分で動きなさいよ」

腰に手を当てて怒ると、アラヤマツミはどこからか小さな旗を二本取り出した。『妖怪夏祭り！』『開催じゃ！』とそれぞれに書いてある。この達筆な筆運びは間違いなくハガミがアラヤマツミにせがまれて書いたのだろう。

「我は物事を俯瞰(ふかん)して見守る者。いわば現場監督というやつなのじゃ。仕事では、現場で働く者に、的確に指示する者が必要であろう？」

「自分はやらないのに口だけ出すヤツって、仕事でもすごーく厄介なんですけどー！」

「仕方ないであろう。神とはそういうものなのじゃ」

「単なるナマケモノじゃない！」

ふたりがぎゃあぎゃあと口げんかしている間にも、麻理はテキパキとアラヤマツミの指示に従って飾り物の配置を変えていく。

「そうだ雪乃さん。雪河くんは誘えましたか？」

脚立に乗って、ガーランドの端を画鋲で留めた麻理がふと訊ねる。

「もちろん。すっごく楽しみにしていたわよ。河野くんが山まで迎えに行くんですって」

ウィンクして答える雪乃に、麻理は嬉しそうな顔をした。

「よかった。雪河くんに会うのは久しぶりだから、楽しみです」

雪河とは、この街の山に棲む山童という妖怪のことだ。元は和歌山のとある山に棲んでいたが、土地開発のために山が切り開かれて棲み処を失い、流れに流れて、この街までやってきた。

山童という名が示すように河童とは縁のある妖怪で、河野は彼をよく気にかけている。

雪河という名前も、河野が付けたものだ。

見た目の年齢は六歳くらい。何百年と生きているはずの妖怪だが、精神年齢は見た目どおりの年相応である。雪乃や椿とも仲がよく、雪乃の家にしょっちゅう遊びに行っては、庭で椿と遊んでいることが多い。

「折りたたみテーブルを置いといたけど、かき氷屋はテレビの横でいい？」

朋代が訊ねると、雪乃が「うん」と頷く。

「ちゃちゃっと準備しちゃうからね。うちも負けずに種類豊富にしていくわよ〜！」

雪乃がやる気に燃えて、バッグからかき氷器を取り出してテーブルに置く。

「ほらっ、お品書きも作ったのよ」

「すごーい！　本当に種類がいっぱいですね。宇治金時白玉付きまであるんですか」

麻理が感心したように言ったが、朋代はジト目になる。

「どうでもいいけど雪乃、字汚すぎじゃない？」

「これは達筆というのよっ！」

「達筆なのははーくんみたいな筆文字であって、雪乃のは単なるミミズ文字では」

「ええい黙らっしゃい。朋代だってそんなに字が上手じゃないでしょうがっ」

お品書きをセロハンテープでテーブルに貼り付けながら、雪乃が怒る。確かに、朋代の字も人に偉そうに言えるようなものではないのだが、下手なら下手で、せめて毛筆ではなくサインペンなどでシンプルに書けばいいのにとつい思ってしまう。遠目から見ると、殴り書きした果たし状みたいに見えなくもない。

「そろそろ約束の時間だな」

庭からハガミが入ってきた。

「はーくん、庭の準備はできた？」

「うむ。炭の調子も良い。いつでも始められるぞ」

いつもの作務衣姿で、ふきんで手を拭きながらハガミが言う。するとソファからするするとアラヤマツミが降りてきて、朋代の頭の上まで移動した。そして尻尾で摑んでいた旗をぴっと立てる。

「よし、おぬしら。今日は全力を出し切るのだぞ！」

「だからマツミくんが仕切らないでよ」

朋代は頭上のアラヤマツミの首をぎゅっと摑んでツッコミを入れた。

「じゃ、最後に担当の確認ね。ゲーム関係が私、ポップコーンとわたあめが麻理ちゃん、炭火料理全般ははーくん。かき氷が雪乃」

順番に名前を呼ぶと、それぞれが頷く。

「そして我が総監督じゃ！」

首を摑まれてもめげずに自己主張するアラヤマツミに、朋代は「マツミくんはおいといて」とスルーした。

「今日ははりきって盛り上げましょう～！」

「おー！」

四人と一匹が元気よく返事した。

午前十一時ちょうどに、二階からトントンと階段を降りてくる音がした。

椿だ。彼女は約束通りの時間に来てくれたようである。

「こんにちは。呼ばれたから来てみたけど——」

そう言いながらリビングの扉を開けて、彼女は言葉を失う。

「妖怪夏祭りにいらっしゃいなのじゃー！」

アラヤマツミが笑顔で出迎えた。

可愛らしくデコレーションされたリビングに、画用紙や厚紙で作った出店が並んでいる。手作り感満載だったが、それは確かに『夏祭り』だった。

「わあ……」

驚きのあまりポカンとする椿。するとピンポーンとインターフォンが鳴った。

「こんにちは。今日は呼んでくださってありがとうございます」

入ってきたのは、朋代より年上で落ち着いた雰囲気のある女性。彼女は三歳くらいの小さな女の子と手を繋いでいた。

「おまついだ！」

その子は元気いっぱいに出店を指さして嬉しそうに笑う。

「ようこそいらっしゃい。音子さんと伊予ちゃん」

朋代はにっこりと笑顔で歓迎した。

「うわ〜ビールもあるの!?　なんて酷い。僕は車を運転してきたんだよ〜！」

庭から何やら嘆く声が聞こえてきた。音子が困ったように笑う。

「左近さんったら……、ごめんなさいね。私たちも準備を手伝えたらよかったんだけど」

「そこまで人数が必要だったわけじゃないし、気にしないでください。伊予ちゃん、今日はいっぱい楽しんでいってね」

朋代が身を屈めて伊予に話しかけると、彼女は小さい手を上げて「あーいっ」と元気よく返事した。

左近と音子は夫婦。伊予はふたりの一人娘だ。

音子は普通の人間で、左近は化け狸という妖怪である。妖怪と人間の混血である伊予は、赤子の時こそ無意識に子狸に変化してしまっていたが、三歳となった今では、だいぶ人間の姿に落ち着いた様子だ。

「椿ちゃん、ぼーっとしてるけど大丈夫？」

ずっと黙ったままの椿に、麻理が声をかけた。彼女はハッと我に返って、コホンと咳払いをする。

「大丈夫。ちょっと予想外でびっくりしたの。それにしても、あなたもこのお祭りに一枚嚙んでいたなんてね。全然気づかなかったわ」

「えへへ。椿ちゃんに気づかれないようにすごく気を遣ったんだよ」

「ここ数日、帰りが遅かったのはコレの準備のためだったのね」

「当たり。椿ちゃん、今日はいっぱい楽しんでね。私、ポップコーンとわたあめ担当だから！」

キッチントイのわたあめ器の前で、火であぶって作るポップコーンセットを手に、ニコニコ笑顔の麻理。

椿は「大人のくせに子供みたい」と呆れたようなため息をつきながらも、嬉しそうに微笑んだ。

「こんにちは。遅れてしまってすみません」

玄関からもう一組入ってくる。それはいつもの中折れ帽で私服姿の河野。そして彼と共にやってきたのは、青い浴衣姿の少年、雪河だった。

「うわ〜すごい！　遥河、これがお祭り？」

目をキラキラさせて、雪河が河野に訊ねる。彼は「そうだよ」と頷いて、あたりをぐるっと見回した。

「すごいね。こんなに本格的だとは思わなかったよ」

「ふふん。私はやると言ったらとことんやる本格派タイプなのよ」

朋代は胸を張って偉ぶった。くすくすと河野が笑う。

「雪乃さんと伊草さんもお疲れ様。今日は僕も楽しませてもらうね」

「ええ。夜にはスペシャルなイベントもあるから、ゆっくりしていって」

「庭ではハガミさんが炭火で色々焼いているんです。そっちも食べていってくださいね」

雪乃の後に麻理が話すと、彼はつられたように庭へ目を向けた。

「確かに、庭から香ばしい匂いがしますね。って左近さん、まさかお酒を飲むつもりじゃないでしょうね？」

少し怒った口調で、河野が庭のほうに移動していく。残された雪河はあたりをきょろきょろしたあと、椿を見つけて駆け寄った。

「椿ちゃん！　君も来たんだね～」

「ええ。雪河もお呼ばれしていたなんて知らなかったけど。山からは、遥河の車で来たの？」

「うん！　僕、山から遠くのニンゲンのお祭りを見たことはあったけど、こんなに近くでお祭りを見るのは初めてなんだよ」

雪河がわくわくした様子で話す。それを微笑ましそうに見た椿は袖で口元を隠した。

「そう。あたしも……そうね。こんなに近くで見るのは初めてだわ」

座敷童は、家の外には出られない。

だからどんなに祭り囃子が楽しそうでも、家の子供たちがはしゃいでいても、お祭りに参加することはできなかったのだ。

音子が椿と雪河の傍にそっと近づいて、話しかける。

「良かったらだけど、伊予と一緒に回ってもらってもいいかしら。小さいから手がかかるかもしれないけど」

伊予はあどけない顔でキョトンとふたりを見つめている。

椿と雪河は伊予を見下ろして、同時にこくりと頷く。

「もちろん構わないよ。伊予、僕は雪河だ。よろしくね」

「あたしは椿。これでも子供のお守りには慣れているの。任せて」

「ほら、一緒に行こう。おいで」

雪河が手を差し出すと、伊予はにかっと嬉しそうに歯を見せて笑った。

「うん！」

伊予は雪河と手を繋ぐ。すると反対の手を椿が握って、三人で歩き出した。

「ツバキ、これなに～？」

「うーん、何かしら。射的と書いてあるわね」

「これはね、そこのテッポウで撃ったものがもらえる遊びなんだよ」

山から祭りの様子を眺めていた雪河は、それなりにお祭りに詳しいようだ。彼の説明に、椿と伊予が「へえ～」と感心した顔で頷いている。

「さあさあ、射的は一回につき三発当てられるわよ。いっぱい景品を落としていってね」

「おねえちゃん、これはなに～？」

朋代が気合いを入れて三人を誘うと、伊予が絶妙なタイミングで質問を投げかける。

「それはヨーヨー釣りよ。コヨリで作った釣り針にひっかけて取るの」

「これはなに～？」

「スーパーボールすくいよ！」

「これはなに～？」

「スーパーボールをすくうためのポイよ」

「ポイってなに？」

「だからスーパーボールをすくう……！」

朋代が突然の質問攻めを食らっていると、音子が慌てたようにやってきた。

「ご、ごめんなさい。この子最近、ナニナニ攻撃がすごくって！」

「順調に成長しているということよ。子供が好奇心を覚えるのはとてもいいことなのだから、慌てる必要なんてないわ。伊予、まずは射的からしてみましょう」

「うん！」

椿が鮮やかに伊予の興味を射的に移して、オモチャの鉄砲を物珍しそうに持ち上げた。

「幼児の扱い方が手慣れすぎてる……！」

「まるで近所に住んでる子供好きのおばあちゃんみたい！」

「誰がおばあちゃんよ！」

朋代と麻理が心底感激していると、突然怒り出す椿。

「お守りには慣れてると言ってたけれど、本当だったのね。ありがとう」

音子が嬉しそうに微笑んだ。椿は顔を赤らめて、ぷいとそっぽを向く。

「座敷童は、親のいない間に子供の相手をすることもあるのよ。これでも何百年と生きてきたんだから、これくらいワケないわ」

ツンとする椿を微笑ましそうに見つめる麻理。

その横では、雪河がさっそく射的を始めていた。パチッといい音がして、木製ラックに並べていた駄菓子の箱を落とす。

「ウマイじゃないい～！」

朋代が褒めると、雪河は照れたように頭を掻いた。

「面白いね、これ」

「あたしもやりたい！」

「いよもー！」

射的がワイワイと盛り上がって、朋代は満足げに頷いた。ゲーム屋はやっぱりお祭りには欠かせない。準備は大変だったけど、ちゃんと用意できてよかった。

ふと、朋代は庭のほうを見る。そこでは左近と河野がなにやら話をしていた。

「左近さん。もしかして、また太ってきていませんか」

「ギクッ、ソンナコトナイヨ」

「なぜカタコトになるんですか。ちゃんと僕が言ったとおり、休肝日を作って、食べたものはスマホアプリに記録しているんでしょうね？」

河野の頭痛の種。それはアラヤマツミと左近の不摂生だ。アラヤマツミはゲームばかりしているせいでドライアイに悩まされており、河野が作った薬で何とかしのいでいる。

そして左近は、そのでっぷりした腹で一目瞭然なのだが、メタボリックシンドロームである。

本来、妖怪の身体はどれだけ食べても太らないものなのだが、河野曰く『左近さんは魂までメタボだから見た目も太ってしまっている』とのことだ。妖怪でも肥満は万病のもとになるらしく、河野は音子を味方に引き入れ、あの手この手で彼にダイエットをさせているのだが、そのどれもがなかなかうまくいかない。全ては左近が、お酒と脂っこい食べ物が大好きだからである。

「記録はしてるけど、記録するだけで痩せられるなら苦労しないよね」

「左近さん？　記録するだけでは意味がないに決まってるでしょう。それを見てきちんと毎日の摂取カロリーと自分の基礎カロリーを比較して反省しろと言っているんです！」

「ま、ま、まあ、ほら、お祭りの時くらい、お小言はやめておこうよ。ほら、同じお酒飲めない同士、楽しくやろうぜ！」

左近がごまかすように笑って、河野の背中を叩く。すると彼は、焼き鳥や貝を焼いているハガミに顔を向けた。

「すみませんが、焼き鳥とサザエ、そしてノンアルコールビールを下さい」

「心得た」

「ちょっと待ってー！　そんな便利な飲み物を用意していたの!?」

ハガミが紙皿に焼き物を入れて、さらにクーラーボックスからノンアルコールビールを取り出す。河野は「ありがとうございます」と受け取ると、冷たく左近を見た。

「普段から不摂生している左近さんには縁のない飲み物ですよね。どうせ家に帰ったらビールをたくさん飲むのでしょう」

「うわーん飲みません。今日は絶対アルコールを摂りませんので、どうか僕にもノンアルコールビールと焼き鳥セットをくーだーさーいー！」

左近が必死に河野にすがり、彼は心底呆れたようなため息をついて「まったく調子がいいんですから」とボヤく。

かくして左近は無事に、キンキンに冷えたノンアルコールビールとほかほかの焼き鳥、そしてぐつぐつと音を立てるサザエの壺焼きをゲットして、上機嫌で庭のテーブルについた。

「ひゃー最高。休日のお昼から焼き鳥や貝を食べつつ、ビールテイスト飲料が飲める贅沢っ。しかもこれ、めちゃくちゃ冷え冷えじゃない？」

「うむ。雪乃の特製どらいあいすを入れているからな。今日と言わず、明後日（あさって）くらいまで持つぞ」

「それ便利すぎない？　雪乃ちゃんにそんな特技があるなんて知らなかったよ……」

ぷしゅ、と缶のプルタブを開けた河野がこくりと飲んで満足そうに頷く。

「ドライアイスの作り方を説明したら対抗心を燃やしましてね。『冷たさ』を扱う技術にかけては人間に負けたくないのだそうです」

「変なところで負けず嫌いだね、雪乃ちゃん」

「雪女としての矜持があるのでしょうね。それではいただきます」

河野がぱくっと焼き鳥を口にする。

「ああ、これおいしいですね。絶妙に香ばしくて、焼き加減が完璧です」

「ねぎま、僕も好き。鶏肉のあま〜い脂と、焼いた長ネギのあま〜い味わいが丁度いい感じに合わさるんだよね。そして冷え冷えのノンアルコールビールを飲むとサラッと喉越しがよくて。うーんもう一本！」

「……ちゃんと食べたもの、アプリに入力してくださいね？」

河野がすかさずグサッと釘を刺す。そしてもう一口焼き鳥を食べて、おいしそうに目を瞑った。

「これ、ねぎまに七味がかかっているんですね。ピリ辛だけど香り豊かで、とてもおいしいですよハガミさん」

「そう言ってもらえると、こちらも嬉しい。ねぎまは冷凍食品を解凍して焼いたものだが、朋代が最近の冷凍品はよくできていると言うのでな。我には串を打つ技術がないから、今回は冷凍食品に頼ってみたのだ」

「いい判断だと思います。冷蔵庫でゆっくり解凍したら、冷凍食品もおいしく調理できるんですよね。こればかりは人間の技術力の高さに感心しますよ」

「うんうん。人間ってすごいよね」

左近が適当な相槌を打ちながらもう一本の焼き鳥を食べ終えて、次はサザエの壺焼きに手を伸ばす。

「ああ～、サザエの壺焼きが食べられるなんて。ほんと今日は幸せだよ」

ほくほくと湯気の立つサザエ。左近は小さくて丸い蓋をぽろっと外して、フォークで身を刺す。そしてくるくると回して、キモの先までつるんと殻から外した。

「これ、綺麗に取れると嬉しくなるよね」

「わかります。謎の達成感を感じます」

同じように身を取った河野が苦笑いする。

そしてふたりは、あつあつで身の大きなサザエをぱくっと口に放り込んだ。

「熱ー！」

はふはふと口の中で転がしながら咀嚼し、飲み込む。

「あ〜おいしい！　そしてノンアルコールビールがうまいっ」

「これ本当によくできてますよね」

「うん……人間ってスゴイね」

ふたりでしみじみビールテイスト飲料について語りつつ、サザエの殻に残った汁をずずっと飲み干した。

「キモのほろ苦さ、貝の身の旨味、それらを凝縮した醤油味の汁。うう〜ん、サザエ最高！」

「そこまで全力でサザエを味わう人も、あまり見ませんね」

河野はくすくす笑って、ゴミ箱に殻を捨てる。

「残った串はここに入れておいてくれ。あとでまとめて捨てるのでな」

ハガミが空の牛乳パックを渡してきたので、ふたりは串を入れる。

「ハガミさんも色々気遣っているんですねえ」

「別に。無闇に人間を傷つける趣味を持たぬだけだ」

「え、え、どういうこと？」

左近が不思議そうに首を傾げる。河野は穏やかな目をして説明した。

「串をそのままゴミ袋に捨てると危ないんですよ。ゴミ収集の作業時、刺さるおそれがありますからね」

「うむ。なので、このような空き箱にまとめて、封をして捨てるのが良いのだ。串の数が少なければ、新聞紙で包むのもよいぞ」

「へ〜、物知りだね〜」

　左近が目を丸くして驚いた。

「朋代が焼き鳥好きでな。アラヤマツミ殿がいんたーねっとでそのような危険があることを調べたのだ」

「アラヤマツミ様、すっかりネットを百科事典代わりにしていろいろ調べてるね……」

　河野と左近、そしてハガミは、庭で楽しそうに団欒しているようだ。

　サザエの壺焼きや焼き鳥の香ばしい匂いは、いやがおうでも朋代の食欲を刺激する。横を見ると、麻理もよだれを垂らしそうな顔をして庭を眺めていた。

　思わずふふっと笑ってしまって、彼女の肩を叩く。

「私たちもあとで食べようよ」

「あっ、そうですね！」

　慌ててハッと我に返り、こくこくと麻理が頷く。

椿たちは射的やヨーヨー釣り、スーパーボールすくいを順番に楽しんで、両手は景品やスーパーボールの袋でいっぱいになっている。三人の指には仲良く揃って水風船が垂れ下がっていた。

「あ〜楽しかった。よーよー釣るのは難しかったなあ」

ぱしゃぱしゃとヨーヨーを振りながら雪河が言う。

「あら。あたしには簡単だったわよ。でも、すーぱーぼおるをすくうのが大変だったわ。あの『ぽい』というもの、すぐに破れるんだもの」

椿が不満そうにぷくっと頬を膨らませる。伊予は上機嫌顔で、透明袋の中のスーパーボールの数を数えていた。

「えへへ、きらきらのボールもらったの。あと、このピンクのは、お母さんにあげるの」

伊予は全てのゲームを体験したものの、どれもうまくはできなかった。しかし失敗してもヨーヨーはプレゼントされるし、射的は雪河がとったものの中からほしい景品をひとつ選ばせてもらえた。

「えっと次は……あっ、かき氷。気になってたんだ」

雪河が指をさして、椿が腕を組んで「ええ」と頷く。

「さっきから雪乃が腕組みして仁王立ちして、あたしたちを睨んでいるんだもの。気にならざるを得ないわ」

「睨んでないっ！　早くこっちこないかな～って待ち構えてただけよ！」

　雪乃が慌てて言い訳した。椿がはふっとため息をつく。

「はいはい。じゃあかき氷に行きましょうか」

「すごく仕方なさそう……」

　子供の遊びにつきあう大人みたいな態度を取る椿に、麻理が思わずといった様子でくすくす笑っている。

「はい、お三方いらっしゃい。このお品書きから好きなかき氷を選んでね」

「雪乃、これ読めないわ」

「余裕で読めるでしょうが！」

　怒り出す雪乃。椿は笑いを堪えるように着物の袖で口元を隠しつつ「字が下手なのね」と呟いた。その隣では雪河がまじまじとお品書きを見つめている。

「えーっと、いちこ、めろそ、れもそ……」

「イチゴとメロンとレモン！」

「あはははっ」

　椿が我慢しきれなくなって、お腹を押さえて笑い出す。

お品書きはすべてカタカナで、しかも太い毛筆で書かれているので『ゴ』の濁点が潰れていたり『ン』と『ソ』の見分けがつかなくなったりしているのだ。

「お母さん、これなんて読むの～？」

伊予が音子を呼ぶ。音子は後ろから近づいて「んー」とお品書きを見た。

「ウジ……キントキ……。ああ、宇治金時ね」

「うじきんときってなに？」

「抹茶で作ったシロップをかけて、餡子（あんこ）を載せるのよ。とっても甘くておいしいの」

音子が伊予に説明していると、雪乃が「ふっふーん」と胸を張る。

「なんとウチの宇治金時は白玉にさくらんぼもついているのよ」

「そっ、それは、おいしそうね」

和菓子と果物に目がない椿がソワソワし始める。

「じゃああたしは、その宇治金時にするわ」

「僕はね～レモン！」

「じゃあ私と伊予はマンゴーで半分こしようか」

音子の提案に、伊予は「うん！」と笑顔で頷く。

「宇治金時、レモン、マンゴーね。かしこまり～！」

雪乃は傍に置いていたブロック状の氷を取り、かき氷器にセットした。刃の調整を確かめてから電源スイッチを押し、しゃかしゃかと削り始める。

「かき氷用の氷、テーブルに置いたままでしたけど、溶けていませんか？」

音子の質問に、雪乃が「ふっふっふ」と含み笑いをする。

「そこがミソなのよね。カチコチに凍った氷じゃなくて、ちょっと外に出して表面が溶け出したくらいの柔らかい氷を使うと、ふわふわのかき氷になるのよ」

先週の夏祭りで、かき氷屋の店員から作り方を教わったのだ。

削り刃は刃を立てないように、できる限り寝かせて、氷の表面を薄く削るように作るのもポイントで、削った氷がちぎれないように、器を回しながら削ると良いらしい。

家で何度か練習したのか、雪乃の手さばきはスムーズだ。器の半分くらいまで氷を入れたらシロップをかけて、また削る。まんべんなくシロップを行き渡らせるためのコツである。

最初は宇治金時。こんもりと山のようになった氷に抹茶シロップをかけて、器の端に餡子と白玉を並べて、さくらんぼはかき氷の頂点にみっつ載せた。

「はい。宇治金時おまちどおさま！」

雪乃が笑顔でかき氷を渡すと、椿はぱちぱちと何度か瞬きしてから、おそるおそる両手でかき氷を受け取った。

「本物の雪みたい……きらきらして、餡子や白玉がおいしそうで……。名前自体は知っていたけど、結構重たいのね」

物珍しそうに眺める椿に、朋代は声をかける。

「庭で食べてもいいし、家の中でなら、そっちのテーブルでもいいわよ」

「せっかくだから、庭で頂こうかしら」

「じゃあ私が運んであげるね」

麻理が椿から器を受け取り、庭のテーブルまで持っていく。

「はいっ、レモンおまちどう～」

「わーい！　僕も外で食べよっ」

こんもり盛った氷にまばゆいほどの黄色いレモンシロップがかけられたかき氷を、雪河が嬉しそうに受け取った。

「マンゴーシロップはハガミくん特製だから、おいしいわよ～」

「まあ。楽しみね、伊予」

「たのしみ！」

雪乃がガリガリ氷を削るところを、伊予は何とも楽しげに見ている。

マンゴーを煮詰めて裏ごしした、手作りのシロップ。

アラヤマツミがレシピ検索したものを見よう見まねで作ったようだが、その心は、果物好きな椿に喜んでもらうためだろう。

やがてマンゴーシロップがたっぷりかかったかき氷を手にテーブルに座り、音子と伊予は食べ始めた。

庭では、椿がおっかなびっくりスプーンでかき氷をすくって、ぱくっと口に入れている。

「わあ」

椿の目がきらきらと輝いた。

「おいしいわ。氷を口に入れた途端、ふわっと溶けるの。雪と全然違うわ。それに抹茶味がほろ苦くて甘いの。不思議な感じね」

そうして、次は氷と白玉をいっぺんに食べる。

「ううん。白玉がほわほわで柔らかい。抹茶とすごく合う。もちろん餡子とも合うわ。宇治金時ってすごいわね」

感心したようにしゃくしゃくと食べ進めて、さくらんぼを手に取る。

「可愛い」

嬉しそうに目を細めてから、おいしそうにぱくっと口に入れた。

「かき氷ってこんなにふわふわなんだね。噛まなくても溶けるよ。すごい！」

「それは私の作った氷がスペシャルだから〜！」

「そんなに自己主張するっていうことは、天然氷を作るの結構苦労したの？」

朋代が訊ねると、雪乃は「そうね……」と腕組みして頷く。

「とりあえず寒いところを作らなきゃいけなかったから、浴室を凍り漬けにしたの」

「おう」

いきなりパンチの効いた方法だったので、朋代は若干身を引く。

「それから浴槽にでっかい発泡スチロールを置いて、そこに沢で汲んだ水をどばーっと入れて、必死にかき混ぜながら浴室の温度を調整して……主に苦労したのはそこね」

「うん、聞いてるだけでしんどいもん」

冷凍庫で氷を作るのとはワケが違う。天然氷は作るのが大変だからこそ、氷屋が商売として成り立つのだ。

「中途半端に表面が凍ると、凍ってないところから不純物が入るらしいのね。だからうまい具合に浴槽が冷えるまでひたすら水をかき回して、やっと表面が綺麗に凍って。そこからは全体が凍るのを待つだけだったから楽だったわよ。こまめに掃除したけどね」

「マジでお疲れ様でした」

朋代が労いの言葉を掛けると、朋代が「ふっ」とアンニュイに笑う。

「雪女の私に言わせてもらうと、天然氷は手作りするもんじゃないわね！」

「そうね。氷を作るたびに浴室を凍り漬けにしてたら、お風呂も使えないし」

「冬の山間で、大自然にまかせて作るに限るわ。私、この一週間はずっと銭湯に通ってたのよ！」

雪乃が「それはそれで楽しかったけど」と付け足しながら、疲れたように肩を落とした。

(雪女って面白いなあ。熱さが苦手そうなのにお風呂大好きなんだもんね)

河野から聞いたところによると、雪女にも種類があるのだとか。熱に溶けるタイプと、溶けないタイプがいるらしい。

ふたりで話をしていたら、唐突にアラヤマツミがひょこっと顔を出す。

「うむうむ童たちはかき氷を楽しんでおるようだな。ではそろそろ、大人のかき氷を楽しむとしようかの」

「大人のかき氷？」

朋代が訊ねると、アラヤマツミは雪乃に顔を向けた。

「ふわふわかき氷をひとつ頼もう。しろっぷはなしじゃ！」

雪乃は不思議そうな顔をしつつも「はあい」と返事して、しゃこしゃこと手際よく作る。

「朋代は冷蔵庫からいつものみねらるうぉーたーを持ってくるのじゃ」

「人使いの荒い神様ね……」

ブツブツ言いながら、朋代は冷蔵庫からミネラルウォーターのペットボトルを取り出し、ふわふわかき氷の横に置く。

「よし、ではいくぞ」

アラヤマツミはいつもの調子でペットボトルに巻き付き、すぐにしゅるしゅると戻って行く。

「あれっ、マツミくん、今お酒造ったんだよね。なんかお酒の色がちょっと濃くない？」

朋代はペットボトルを手にとってまじまじと眺めた。いつもは透明なのに、今回の酒は琥珀(こはく)がかった綺麗な色をしている。まるでウィスキーのようだった。

「ぱんぱかぱーん！　これはのう、貴醸酒(きじょうしゅ)じゃー！」

自分で効果音を言うところが何ともアラヤマツミである。

「ねっとで見かけてからこっそり試行錯誤していたのだが、先日やっと完成したのじゃ。これをかき氷にかけてみよ。はよ！」

アラヤマツミが急かすので、朋代はキャップを開けて、かき氷に回しかけた。アラヤマツミはすぐさまそのかき氷に顔を埋めて、しゃくしゃくと食べ始める。

「うむっ、思ったとおりのうまさじゃ」

「なんと。かき氷の日本酒がけ……！　すごく気になる。雪乃、私にもひとつお願い！」

雪乃は一気にみっつ分のかき氷を作った。そして貴醸酒をかけて、ひとつを麻理に渡す。

そして朋代と雪乃、麻理が同時にしゃくっとかき氷を食べた。

「これはイケるわ！」

「まろやかな甘さと芳醇な香り。これ、本当に日本酒なんですか？」

朋代がしゃくしゃく食べ進めている横で、麻理が目を丸くして言う。

「うむ。貴醸酒とは、本来は酒蔵で日本酒を作る際、仕込み水に日本酒を使用して作る酒のことなのだ」

「へえ～。何とも贅沢な話ねえ」

雪乃がぱくぱくかき氷を食べながら相槌を打つ。ちなみにスプーンを動かす手の動きは喋っていてもまったく変わらない。

「日本酒の風味がするのに、少しとろみを感じるのは、濃厚だからなのね」

酒自体が濃いからだろうか。貴醸酒と氷が非常にマッチしている。氷にかけても全然薄いと感じないし、何ならちょうどいい感じに甘さを感じられて、食べる手が止まらない。

「でも、アラヤマツミ様。貴醸酒と言っても、酒蔵のような方法で作ってるわけではないんでしょう？」

麻理が首を傾げる。アラヤマツミは「当然よ」と胸を張った。

「これは我の神聖なる神の技であるからのう」

「個人的な疑問なんですけど、どうやって味の変化をつけるんです？　私には、ミネラルウォーターのペットボトルに巻き付いているだけにしか見えなかったんですけど……こう、その瞬間にえいってすごいパワーを注いだりしてるんですか？」

前から気になっていたのだろうか。麻理がやけに熱心に聞いている。確かに朋代も気にはなっていた。出会ったころは普通の日本酒しか造れなかったのに、ここ数年は甘口辛口、濃い味、淡麗な味、スパークリング日本酒風やら無濾過原酒風やら、本当に多種多様な日本酒を造ってみせるのだ。

アラヤマツミは「うーむ」と難しい顔をして虚空を眺めた。

「まずは、造ってみたい酒をねっとすとあで購入して味を確かめて」

そんなことしてたのか……私に黙って、と思ったが、そのおかげで朋代は毎日のように水を酒にしてもらって飲んでいるのである。余計なことは言うまい――と考え直したものの、やっぱりネットストアで酒を買ったのなら、一口くらい飲みたい。

「そして、いざ酒を醸す際、目指す味を頭の中でいめーじするのじゃ」

「イメージですか」

麻理が感心したように言うと、アラヤマツミは自信満々に頷く。

「そう。いめーじしながら、えいと念じるのじゃ」

「本当にそういうところ、つくづく神様よね」

えいと念じるだけでうまい酒を作るなんて、どう考えても人間にはできない。やっぱり神様くらいにならないと為し得ない奇跡なのだ。毎日のようにその奇跡を見ているので特別感はないのだが。

「音子さんもちょっと食べる～？」

うしろのテーブルでマンゴーのかき氷を食べている音子に声をかけると、彼女は伊予の口の周りをウエットティッシュで拭きながら「はーい」と返事した。

「じゃあ少しだけいただけますか？」

「まかせて！」

雪乃がさっそくかき氷を作る。その手つきはもはやプロ並みだった。

「伊予ちゃん、マンゴーのかき氷おいしかった？」

麻理が訊ねると、彼女は小走りで走ってきて「うん！」と頷く。

「あまいのすき～」

「そうか好きか～。私も好きよ～」

朋代も近づいて頭を撫でると、伊予は嬉しそうに笑う。

「ちょっと、なんかおいしそうなの食べてる！」

庭から慌てたようにやってきた左近。音子は貴醸酒のかかったかき氷を手にニッコリする。

「ごめんね。先にいただいちゃうね」

「それってアラヤマツミ様のお酒がかかってるんだよね？　いいなあ、いいなあ～」

子供のように羨ましがる左近。うしろから河野がやってきて、苦笑いした。

「アラヤマツミ様のお酒は体内で水に変わるから、厳密にはアルコールとは言えないのですが、それでもやっぱり運転組の僕たちは控えたいですね」

ぽん、と軽く左近の肩を叩く。爽やかかつ穏やかな笑みを浮かべているのに、どこか『そういうわけだから諦めろ』という強い圧を感じるのは気のせいか。左近はびくっと肩を揺らして振り向く。

「ヤダナア。ソンナツモリナイヨ」

「どうして裏声なんですか」

河野の笑顔が怖い。

(彼って本当に、左近さんには容赦ないよね。まああれだけ口を酸っぱくして注意しても全然食生活が改善されないんだから、怒って当然かもしれないけど)

あはは、と朋代も困った顔で笑ってしまう。

「我の特製貴醸酒は土産に持って帰るといい。そうすれば、家に帰って楽しめるであろう。かき氷もよいが、ばにらのあいすくりーむにかけてもうまいとのことだぞ」

「うっわあ、それ最強の予感しかしないですよ。ワクワクしすぎて尻尾が出てきそうですもん」

左近がたまらないといった様子でぷるぷる身体を震わせる。本当に食べることと飲むことが好きなんだなあと朋代は思った。

貴醸酒がけのふわふわかき氷を楽しんだあとは、皆、それぞれ思い思いの場所でお祭りを楽しむ。麻理が懐かしそうにスーパーボールすくいを楽しむのを河野が微笑ましく見つめ、左近は音子や伊予と一緒に、わたあめ作りやポップコーン作りを楽しんでいた。雪乃と朋代はビール片手にバーベキューコンロを囲んで貝や焼き鳥を焼いて舌鼓を打ち、アラヤマツミははしゃぎ疲れたのかソファでとぐろを巻いて皆の様子を眺めながらのんびりしていた。

そして朋代のうしろでは、ハガミがリビングの窓際に座り、休憩している。すると彼の隣にちょこんと椿が座った。

「おや、雪河はどうした」

「伊予たちとぽっぷこーん作りしてるわ。ぽんぽんと跳ねる音を聴くのが楽しいみたい」

「なるほど」

ハガミは頷き、空を見上げた。今日はからっと夏晴れである。まっしろでわたあめのような雲が青い空の海を泳いでいた。

「そういえば、椿。こんなものも作ってみたのだぞ」

ふと思い出したように、ハガミは近くに置いてあったクーラーボックスを開けて、中から竹串に刺さった姫りんごを取り出す。

「りんご飴、というものだ。りんごに飴を纏わせて固める菓子でな。そなたはこういうものも好きかもしれぬと思ったのだ」

「……可愛い。ええ、好きだわ。ありがとう」

椿はりんご飴を受け取ってぺろりと舐める。小声で「おいしい」と呟いた。

「なんだか不思議ね」

「なにがだ？」

「あたし、こんな気持ちになることはもう二度とないと思っていたの。それに、あんたにそそのかされて人間を嫌っていたころは、何かを楽しむ気持ちすら失っていたわ」

椿の言葉に、ハガミは困った様子で頭を掻いた。

ふたりとも、つい数年前までは人間を嫌い、あるいは憎んでいた。そして何の罪もない人間に悪さもしていた。

そして、今この場所にいる皆に諭されて、心を入れ替えた――いや、本当は持っていたのに、いつの間にか忘れていた気持ちを取り戻した。

けれども、自分たちが人間を苦しめていたという過去は消えない。ふたりはずっとその気持ちを心に抱き、これからを生きていくのだろう。

椿はかりっと飴を噛んだ。

「我もそなたも、こうして滅びずに今も生き延びているのだ。ならば今この時を楽しむのも悪くない」

そうであろう？　と、ハガミは椿を見つめる。彼女は照れたように前を向くと、りんご飴を食べ進めた。

「人を苦しめたという後悔の念はある。同時に、我を山神から天狗へと貶（おとし）めた人間に対する恨みも消えない。しかしそれとこれとは別なのだと、最近よく思うのだ」

「わるい気持ちは消えないけど、それでもいいってこと？」

「アラヤマツミ殿に言わせれば、人間とて善と悪の感情を同等に持つ生き物なのだ。ならば、そんな人間の信仰や畏れから生まれた我らが相反する感情を持つことは何らおかしな話ではない。ゆえに我は両方の気持ちを受け止めることにしたのだ」

「なるほど。善と悪、両方の気持ち、か」

ぱく、とりんご飴を食べた椿は空を見上げる。うしろのリビングでは、伊予と雪河がおいしそうにポップコーンを食べていて、麻理は次にヨーヨー釣りに挑戦している。あれが取りやすいんじゃない？　とあてにならない助言をしている河野。

「そっか。悪の感情を、否定する必要はないのね」

「うむ。誰しも持つものだ。そなたも我も、麻理も朋代も」

「ふふ、そうね。あたし、結構長く生きてきたつもりだったけど……」

両手で持った食べかけのりんご飴を見つめて、椿は目を細める。

「知らなかったわ。お祭りって、こんなにも楽しいものだったのね」

初めて知ったことがとても嬉しくてたまらないみたいに。

椿は惜しむようにゆっくり、りんご飴を口にした。

空が茜色に染まるころ、皆で協力して片付けをする。

「いや～、全員でやると早いわね～」

リビングもすっかり元通りになって、朋代は満足げに息を吐く。

「さて、そろそろ夜の帳が降りるころであろう。祭りの締めをするぞ」

ハガミが洗面所からバケツを持って現れる。

「祭りの締め？」

左近が首を傾げると、ハガミは「ほれ」と言って、リビングの片隅に置いてあった袋を差し出した。中を開けると、そこには大量の手持ち花火が入っている。

「わあ、花火だ～！」

「夜のスペシャルなイベントってこれのことだったんですね」

麻理が嬉しそうにはしゃぐ。その隣では、椿が目を丸くしていた。

「花火は、昔棲んでいた家の庭で子供たちがやっているのを見たことあるわ」

「うむ。我も見たことはあるが、やったことはない。今日は皆で楽しむとしよう」

ハガミはからりとリビングの窓を開けて庭に出る。水を張ったバケツを置いて、ろうそくに火を灯した。

皆もわらわらと庭に出て、思い思いの花火を手に取る。

「伊予はお父さんと一緒にしようなー」

「お母さんがいい」

「ガーン！」

そんな微笑ましい親子の会話が聞こえて、くすくすと笑う。

誰からともなく花火に火を点けて、ぱちぱちと火の粉が舞った。

小さな花のような火花をいくつも飛ばすもの。流れ星のようにまっすぐ火花が走るもの。

赤や緑、白、ピンク。色とりどりの花火は鮮やかで、夜の色によく映えた。

「眺めているだけでも綺麗なものじゃのう」

朋代の頭に乗ったアラヤマツミが嬉しそうに鎌首を揺らす。

「ほんと、花火って大人になっても楽しいわね〜」

「そういえば私も、花火って初体験だわ。見たことはあったけど」

雪乃が持つ花火は、雪の結晶のような火花をいくつも散らすものだ。

「実は僕も初めてなんです。花火って、僕たちにとってそう馴染みのあるものじゃなかったみたいですね」

滝のように火花が迸(ほとばし)る花火を持つ河野が物珍しそうに言うと、隣にいた麻理が頷いた。

「手持ち花火は、子供のころに体験することが多いから、基本的に子供時代がない河野さんたちは、花火に触れる機会が少なかったのかもしれないですね」

するとぴょいっと雪河がふたりの間に入ってきて、地面にちらばる花火を選び始めた。

「花火ってすごく楽しい！　ぱちぱちでびゅーんびゅーん。いろんな色になって面白い。でもすぐ終わっちゃうのがちょっと寂しい」

「確かに手持ち花火って、すぐに終わっちゃうよね」

麻理が苦笑いした。雪河に続いて伊予も花火を選びにくる。

「つぎはね、えーとえーと、これなに？」

「これは線香花火だよ」

朋代は消えた花火をバケツに入れてからしゃがみ、伊予に説明する。

「これはね、最後にやるのよ。本当の締めくくりなのよ」

「あっ、わかります。線香花火は最後ですよね」

麻理が笑いながら同意すると、河野が首を傾げる。

「どうして最後なの？」

「さあ、私も理由はわからないんですけど最後なんです。それで、誰の火玉が一番最後まで残るか、皆で競争をするんですよ」

「わかる～！　するよね、競争～！　あとでしよ！」

朋代と麻理の花火の思い出は共通しているようだ。ちょっと嬉しくなる。

はじめは大量にあった手持ち花火も、全員でやるとあっという間に残り少なくなった。

椿は小さめの手持ち花火を持って、ろうそくで火を灯す。

ぱちぱちと爆ぜる花火。星のように瞬いては消えていくその様を、じっと眺める。

「ぼーっとして、どうしたの？」

雪乃が隣に立って訊ねた。

「ええ。ちょっと自分自身に驚いていたのよ」

やがて花火の色が変わった。黄緑色から赤色へ。色とりどりの火が弾けては消える。

「あたしはまだ、こんなにもわくわくする気持ちを持っていたんだわ」

「そうね。わくわくしたい気持ちを忘れなければ、きっと他にも見つけられるわよ。アラヤマツミ様みたいにね」

「あの方はちょっと、神様のくせに時代の最先端を走りすぎだと思うけれど」

さすがに同じようにはついていけないわと椿は苦笑する。

「でも今日はありがとう。大切なことに気づけたし、かき氷もおいしかったわ」

「どういたしまして」

にっこりと雪乃が微笑んで、椿は恥ずかしそうに前を向いて花火を見つめた。

「どうせなら、ただ惰性で生きるよりも、楽しく生を謳歌したほうがいいわよね」

いつか忘れられて消えるまで。

最後の瞬間まで、笑っていたい。

そんなふうに言っているようにも思えた朋代は、何だか急に寂しくなってしまった。

慌てて近くにいたハガミの袖を引っ張り、花火を眺めていたアラヤマツミの胴体を掴んで持ってくる。

「わっ！」

「な、なんじゃ、やぶからぼうに！」

非難を聞き流して、朋代はふたりに顔を近づけた。

「ほら。今がアレを渡すチャンスでしょ！」

ヒソヒソ話すと、アラヤマツミは「そうであった！」と思い出したように言って、ハガミはごそごそと作務衣のポケットを探る。

「どうしたの？」

首を傾げる椿に、朋代は「ふふーん」と笑って、腰に手を当てて仁王立ちした。

「椿ちゃんにとって、今日という日がいい思い出になればいいなって、ウチらで用意したものがあるのよ」

ハガミを肘でつついて急かす。彼はポケットから小さな紙袋をそっと取り出した。

「急いで作ったゆえ、少々荒削りなのだがな……」

紙袋を渡された椿は、そっと封を開ける。

「わ……」

中身を取り出して、椿は目をきらきらさせた。

それは木製のかんざし。丁寧にやすりをかけて磨いたかんざしには、椿の花弁が彫刻されており、鮮やかな赤色の絵の具で綺麗に色づけされていた。

「これ、もしかして手作りなのかしら」

「そうなの。私がかんざしの土台をやすりがけして、マツミくんが巻き付いてうんちゃらかんちゃらお祈りしてね、彫刻や色塗りははーくんがやったんだよ」

朋代が説明すると、アラヤマツミががっくりと鎌首を下げる。

「おぬし、説明が下手すぎではないか。我は、椿の心がこれからも健やかであるようにとかんざしに念を込めていたのだ。これでも少しは魔除け(まよ)の効果になるのだぞ」

「彫刻の腕は素人同然ゆえ見てくれは少し歪(いびつ)かもしれぬが、アラヤマツミ殿の念も込めてあることだし、少しでも椿の心の支えになればいいと思ったのだ。……どうかな」

ハガミが照れたように頭を掻いて、訊ねた。

椿はぼんやりとした目で、手の平に載るかんざしを眺める。

「あたしの心の、支え」

ぽつりと呟く。そして突然、くすくすと笑い始めた。

「何を言っているのよ。いきなり真面目な様子でそんなことを言われたら、思わず笑ってしまうわ」

「そっ、そうであろうか。変……であったか？」

たちまち困った様子を見せるハガミに、椿はなおも笑いながらぽんぽんとハガミの服を叩く。

「おかしいけど、嬉しい。確かに素人の手作りだけど、あたしは嫌いじゃない。……ありがとう、三人とも」

礼を口にした椿は、とても優しくて穏やかな笑みを見せた。

まるで寒い冬の中、ほっと心を和ませる椿の花のような。

「……今度は、職人も驚くほど綺麗なかんざしにしてみせよう。次こそは、素人の作りだと言われぬくらい、すごいものを作ってやる」

早速髪にかんざしを挿した椿を見て、ハガミが言う。

「楽しみだわ。ねえ、似合う？」

花火がきらきらと光る庭で、椿がくるりと回る。アラヤマツミが満足そうに瞳を細めた。

「うむ、素朴ながらも椿の黒い髪によう似合っておる。我が言うのも何だが、これもなかなかの出来ではないか？」

「相変わらず自画自賛がすぎる神様ね……。でも、うん。その髪に飾ってくれて、私も嬉しいな」

えへへ、と朋代が照れ笑いをした。

残りの花火は、綺麗に線香花火だけになっていた。最後に、朋代は皆に配って歩く。

「さあっ、最後の締め、いくわよ〜。火玉を最後まで残せた人が勝ちね」

「勝ったら何かもらえるのかの？」

「特にない。皆にすごいって言ってもらえる！」

朋代が断言すると、アラヤマツミがにょろっとずっこけた。

全員で輪になってその場でしゃがみ、線香花火を始める。

小さくぱちぱちと爆ぜる火花。ひとり、またひとりと、火玉が落ちていく。

「なるほど。この線香花火が最後の締めになる理由がわかる気がするのう。何とも言えぬ物寂しさが、楽しさを惜しむ気持ちと合わさって、締めくくりにふさわしい……」

「マツミくんちょっと黙って！」

まだ火玉を維持している朋代が鋭い声を出す。アラヤマツミは朋代の頭に乗ったまま「そなたには情緒がないのう」と残念そうに呟いた。

結局、最後まで火玉を残せたのは音子だった。

「く～っ、あとちょっと維持できたら勝てたのに～！」

悔しげな顔をしている朋代をよそに、伊予は嬉しそうに「お母さんが勝った～」と喜んでいる。

「音子さんすごいね。僕なんか五秒くらいで落ちたのに」

感心する左近に、音子が照れ笑いをする。

「要は運と集中力の問題なのよ。火玉が維持しやすい線香花火だったのと、あとは玉を落とさないように手を動かさないことがポイントね」

「音子さん、微動だにしなかったもんね。そういうところ、さすがだわ」

雪乃が畏れを抱いたように言う。音子は会社に勤めていたころ、とても仕事ができる人だったらしい。きっと昔から集中力の高い人だったのだろう。

そうして、妖怪だらけの夏祭りは終わった。

最後まで朗らかに笑い合う。和やかで楽しいひとときだった。

後日――。

みーんみーんとセミが元気に大合唱する真夏の平日。

朋代は冷房の効きすぎるオフィス内で、ブランケットを膝にかけて厚手のカーディガンを二枚着込んで鬼の形相でパソコンのキーボードを打ち込んでいた。

「おわらん。データ入力がおわらん。なんでよ」

「それはね～ベースのデータ量が～単純に多いからです～」

隣の席に座る同僚の八幡(やわた)が妙なメロディーに載せて答える。

「昼には打ち合わせに行かねばならんのに！　なんだこの量は嫌がらせかー！」

きえーと奇声を上げて、朋代は打ち込みに戻る。

その時、課長がぽちっとラジオの電源を入れた。殺伐としたオフィスに、聞き慣れた軽快な音楽が流れる。

――『ボリュームFMが、ただいま午前十時をお知らせします。はーい引き続き、パーソナリティはユッキーです！』

DJユッキーこと、雪乃の声がBGMの音と共に聞こえてきた。

「ユッキーの声って張りがあっていいよね。聞きやすくて、好きだなー」

八幡がのんびり言って、朋代は「うん」と頷く。

彼女は自分の知り合いで、しかも雪女なのだ。

誰にも言えたものではないが、一部の妖怪と人間だけが知っている秘密である。その隠れたコミュニティに自分が入っているのが、少しこそばゆくて、不思議と嬉しい。

『それではさっそく、この街わが街、お得で楽しいライクタウンのコーナー行きましょう〜！　今の時期といえばそう、夏祭りですよね。私も街の夏祭りに行ってまいりましたよ。いや〜人が多いけど楽しかったですね。そういえば皆さんは、夏祭りといえば何を思い浮かべますか？』

自然とキーボードを打つ音が柔らかくなる。

雪乃の声は、自分にとって良い気分転換になるらしい。トゲトゲした気持ちもあっという間に薄れていく。

『私は断然かき氷です。ところでリスナーの皆さん、ここでクイズです。最近人気の、ふわっふわのかき氷。あれってどうやってできているか知ってます？　実はですね、天然氷っていうのを使っているんですよ。頭もキーンとしなくて、食べやすいふわふわのかき氷。作り方は、寒い冬の山間で湖などを利用して――』

朋代は思わず目を丸くしてしまう。

（完全に私の受け売りじゃない！　まったくもう、ちゃっかりしてるんだから）

調子のいい雪乃がおかしくて、朋代が笑いを噛み殺していると、隣の八幡が不思議そうな顔をした。

「さっきまでこの世の終わりみたいな顔してたのに、いきなりニヤニヤしてどうしたの」

「なんでもなーい！　いいから、さっさとこの地獄みたいな作業を終わらせるわよっ」

朋代は気合いを入れて作業を再開した。

耳に届くのは、心地良い雪乃の軽快なトーク。

課長も八幡も、他の社員たちも、皆どこか楽しそうに雪乃の声を聞いている。

彼女は今日も、日々働く社会人たちの耳を癒やしていた。

第三章　朋代探偵は狐に追いかけられる

リサーチ企業で働いていると、時々妙な仕事を受けることがある。

秋の十月。しつこい残暑もようやくなりを潜めて、心地良く過ごしやすい季節。

「出向指令ですか？」

課長に呼び出された朋代は、首を傾げた。

「企業に直接赴（おもむ）いてリサーチ調査をするなんて、珍しい依頼ですね」

「そうだね。先方の広報部が、是非にということらしいよ」

メールでのやり取りを見ながら、課長が薄い頭を掻く。

「積極的に異業種企業と交流を図りたいという意図があるそうだ。第三者の意見を取り入れる、みたいなね。ウチのリサーチ部から調査員兼アドバイザーとして出向し、向こうの広報部でリサーチ業務のノウハウを教授してもらいたい、とのことだよ」

「なるほど」

おざなりに返事しつつ、朋代は手に持っていた打ち合わせの書類を眺めた。

先方の企業に数日出向して、社内満足度のリサーチと解析をしつつ、広報部にそのノウハウを教える。他企業の人に仕事を教えるのは初めてだが、仕事内容としては別に難しいことではない。

ただひとつ、不可解なのは——。

「どうして私が指名されているのですか？」

アドバイザーに、なぜか朋代の名前が明記されていたのである。

課長はうむむと難しそうな顔をしたあと、腕組みをした。

「リサーチ業務の実務経験が長く、非常に優れているから、とのことらしい……けど」

どうやら課長も、朋代の指名は不思議に思っているらしい。

(だって私、そんなにこの会社で大活躍してるわけじゃないし。それにリサーチ業って、外に名前が出るような仕事でもないのに、なんで私を指名……？)

朋代も腕組みして首を傾げる。何か裏がある気がしなくもない。

(課長には悪いけど、断りたいなあ。なーんか妙なことに巻き込まれそうな予感がするんだよね)

難しい顔をして悩んでいると、課長がボソッと言葉を付け足した。

「ちなみに出向期間は出張手当が出るよ」

ぴくっ。

お金の気配を、朋代の耳が敏感に感じ取る。

「仕方ないですねえ。せっかくのご指名なわけですし、張り切って行きますか～！」

ここにアラヤマツミやハガミがいたら、単純すぎると揃って呆れたため息をついただろう。

課長はあからさまにホッとした顔をして「それじゃ、よろしく」と言ったのだった。

出向先は、都内にある商社。規模としては中小企業の中では上のほう、という感じだ。

「まず大事なのは第一印象ね」

商社に足を踏み入れる前、朋代はぱしっと自分の頬を叩いて気合いを入れる。舐められたら終わりだ。自分はここでアドバイスする立場なのだから、毅然(きぜん)として恰好よく、仕事ができる女っぽさを出したい。

服装はきっちりした飾り気のないリクルートスーツ。髪はほつれ髪ひとつ出さずに結い上げて、伊達(だて)メガネなんかも掛けてみた。

外窓に映る自分の姿を確認し、完璧だと満足げに頷いた。

（では、いざ行かん出向先へ！）

颯爽と商社のロビーに足を踏み入れる。そして受付カウンターの内線で広報部に連絡を取った。

しばらくすると、階段のほうから誰かの足音が近づいてくる。

(広報部の担当者かな？)

朋代は階段に顔を向けた。そして、目を丸くして驚く。

「やあ、おはよ～」

「ええっ、なんでー⁉」

現れたのは、狸の妖怪、左近だったのである。

ミーティングルームに通されて、朋代はしずしずと席に座る。向かいには左近がどっかりと座って、手に持っていた紙コップのコーヒーを朋代の前に置いた。

「あっ、普通にコーヒー持ってきちゃったけど、紅茶のほうがよかった？」

「いえ、コーヒーで大丈夫ですよ。それにしても、ここが左近さんの働いてる会社だったなんて、全然知りませんでした」

「僕も特に言ってなかったからねえ。いやいや、驚かせちゃってごめんね」

左近は軽く謝って、手持ちのコーヒーを飲む。

「えっと、今回の私の出向話って、もしかして左近さんも一枚噛んでるんですか？」

「そうなんだよ。僕は営業部なんだけど、広報部から社内リサーチについて相談されちゃって。悪いと思いつつも、リサーチ業務なら朋代ちゃんしか思いつかなかったし、せっかくだから名指しさせてもらったんだ」

なるほどと朋代は納得した。私情が入っている感じはするが、おかげで朋代は出張手当という臨時ボーナスがもらえるのである。どちらかといえば、ありがたい話だ。

「あとで広報部に案内するけど、君にお願いしたい主な仕事はリサーチ業務のノウハウの指導だ。社内アンケートの項目なんかはすでにこっちで用意してあるけど、そのアンケートの媒体や回収方法などはすべて朋代ちゃんにおまかせするよ。わかりやすいデータの作り方とか、解析のコツとか教えてもらえると助かるかな～」

「なるほど。基本的には広報部の方に作業してもらって、私は横から口を出す感じでいいんですか？」

「そうそう。ウチには監査部もあって、社内リサーチは独自でやってきたんだけど、なんかデータの幅が狭いっていうか、いろいろな声が聞けないのがネックみたいでね」

「ふむふむ。そのへん、会社ならではのしがらみとかありそうですね。社内リサーチでも不満は言いづらい、とか」

「あるだろうな～。ウチは老舗なぶん、古いしきたりも結構残ってる会社だし」

左近は困った顔をして顎をさすり、コーヒーをこくりと飲む。

「それでさ」

「はい？」

メモを取っていた朋代は顔を上げる。

「ちょびっと、折り入って相談があるんだよなあ～」

「左近さんって、何か企んでる時の顔、すごくわかりやすいです……」

「た、企んでなんていないし！　ちょっと困ってることがあって、相談したいんだよ！」

左近は慌てた様子で弁解してから、ぶつぶつと小声で呟く。

「だいたいこんなの、身内じゃないと話せないし……」

「どういうこと？　もしかして、あやかしがらみなんですか？」

左近が口にした『身内』とは、家族というより、秘密を共有する仲間を指しているのだろう。つまり、神や妖怪に関することだ。

朋代が不可解な顔をしていると、左近は前のめりになって声を潜めた。

「実はね、うちの会社で最近、妙なことが続いているんだ」

「妙なこと？」

訊ねると、左近は神妙な顔をした。

「社内で『たたりさま』って呼ばれている現象なんだけど……」

「なにそれ。学校の七不思議みたいですね」

「まさしくそれだね。何でも、たたりさまに依頼された人物に祟りが起きるんだってさ」

朋代はぽかんと口を開けた。

「マジで？」

「これがマジなんだよ。実際、何人かの社員が被害に遭ってる。被害者は主に女性社員なんだけど、男性社員もいるね。最近立て続けに祟りが起きていて、この一ヶ月で十人くらいいるよ」

「け、結構いますね。祟りって具体的にはどんな感じなんですか？」

左近が困った様子で腕組みをし、説明をした。

祟りは、思いもよらない事故が起きて大怪我をさせられたり、病名のわからない症状に苛（さいな）まれて会社を休まざるを得なくなったり。とにかく唐突に理由もなく、心身に支障をきたす現象らしい。

「普通に考えたら単なる不慮の事故、疲れによる体調不良などと判断されるような感じでしょ。だから最初のころは誰も気にしてなかったんだよ。でも最近になって連続で同じような事故や病状が続いてさー。不審に思った監査部が調査したんだよ」

その結果、やはり明確な原因はわからなかった。

しかし奇妙な噂が流れていることを突き止めたのだ。それが『たたりさま』である。

「謎の病気、おかしな事故に遭った人たちは、共通してたたりさまに災いが起きるようお願いされていた人たちだったんだってさ。あくまでそういう噂が流れていたことがわかっただけで、具体的に誰がたたりさまにお願いしてたかまではわからなかったみたいだけど」

「はあ、そりゃ……特定は難しいですよね。というか監査部も大変だわ、そんな眉唾なことも調査しなくちゃいけないなんて……」

「そうだね。実際、たたりさまというのは方便で、誰か社員が悪意を持って加害してるのではないかというのが監査部の見解だよ」

「現実的に考えたらそうなりますよ。きっと私だって、そう判断します」

何も知らなければ。アラヤマツミに出会う前なら。朋代は間違いなく監査部と同じように考えたはずだ。でも今の朋代は、昔とは少し違う。

「それで左近さんは、たたりさまとやらの仕業か、人為的なものか、どっちの見解なんですか？」

「それがわかんないから、君を頼ったんだよ」

「……妖怪レーダーみたいなもので、ピピッと受信できないんですか？」

「僕をなんだと思ってるのー!?」

左近が泣きそうな顔をして喚き、「そんな便利な機能は持ってないよ」と口を尖らせた。

「僕が個人的に調べてもいいんだけど、いち社員が仕事もそこそこに社内を嗅ぎ回ってたらそれこそ監査部に怒られちゃう。それに、外部の人間になら、内部の人間にはわからないことがわかるかもしれないでしょ？」

「うーん、まあ、そういうこともあるかもしれないですけど」

「ちょうど広報部がリサーチ収集の効率的なフローのノウハウを欲しがっていたからさ、僕が本職から技術供与をお願いしてみては？　って提案したんだよ」

「それで私が呼ばれたわけなんですね」

朋代が納得すると、左近は「うんうん」と頷く。

「ウチはニワトコ薬局の薬箱も置いているから、河野くんたちにお願いする手もあったんだけど、単なる置き薬屋さんに社内をうろうろさせるわけにもいかないしねー」

「社内でリサーチするという体裁を整えたら、多少私が社内を嗅ぎ回っても問題視されないってことか……」

「そういうこと。それに、社内アンケートのことはだいぶ前からちょくちょく提議されていたんだ。社内満足度を上げることが企業成長に繋がるのだ～って社長が息巻いてたしね。そのころからうまくやれば朋代ちゃんを召喚できるかなーって思ってたんだよ」

「私は便利なランプの精霊かいっ」

朋代は思わず裏手チョップつきでツッコミを入れた。左近は気楽な調子で「あははー」と笑って、紙コップのコーヒーを飲み干す。

「まあまあ、いざとなったらアラヤマツミ様とかハガミとか、朋代ちゃんには近くに頼れる味方がいるじゃない。実際、たたりさまなんて単なる与太話で、事故や病気が本当に人為的なものだったなら、それはそれでいいんだよ」

「え、いいんですか？」

「会社的にはよかないけど、僕たちがリスクを冒して追わなくてもいいでしょ。それこそ会社の役員や、場合によっては警察に頼ったほうが合理的じゃない」

それもそうだ。誰かが悪意を持って誰かに危害を加えていたのだとしたら、朋代たちがわざわざ関与する必要はない。

「僕が危惧しているのは、これが本当に祟りだったらシャレにならないってことだ。何せ僕たちにとって祟りは他人事じゃないからね」

左近がどこか神妙な顔をして言う。

――祟り。

それは朋代や左近にとって忘れられないある事件を思い出させる。

本物の祟りとは、妖怪や神のなれの果てだ。彼らの悲しみや憎しみによる慟哭（どうこく）が心と身体を蝕（むしば）んでいき、やがて祟りとなってしまうことを指すのだ。

一度そうなってしまったら、もう元には戻れない。祟りと化した妖怪や神は、人間に害を成すだけの物言わぬ現象と化し、あたりに呪いをまき散らす。さながら断末魔のように。そして最期は霧のように消滅するのだ。

人間に忘れられてこの世を去るだけなら、まだ黄泉（よみ）の世界へと旅立てる。しかし祟りになると存在自体が消滅するので、完全な無になってしまう。

神や妖怪が恐れる、最も悲しい最期。

一度、朋代に近しい妖怪が祟りになりかけた。それはあのニワトコ薬局の置き薬屋、河野遥河だ。

悲しい出来事がきっかけで、彼の心身は祟りに染まりかけた。本当にギリギリのところで麻理が彼を救ったけれど、その『きっかけ』はいつどこで、誰に降りかかるかわからないのだ。つまり、左近にとってもアラヤマツミにとっても他人事ではない出来事だったのである。

もしあの祟りがこの会社で発生しているのだとしたら、大変なことだ。左近が危惧するのももっともである。本当の祟りがあれば鎮めなければならない。

朋代が深刻な顔で悩み始めると、左近は慌てて両手を横に振った。

「ま、まあ、でも僕は、そっちの祟りっぽくないなあとは思ってるんだよ。でもさ、変な妖怪が悪さしてたら困るじゃない。だからさ、念のためちょちょっと調べるくらいでいいからお願いできないかなあ」

「仕方ないなあ。あんまり期待しないでくださいね？」

一応予防線を張りつつも、朋代はしぶしぶ了承した。

出向先で仕事をして、朋代は疲れた身体を引きずって我が家に帰る。

いつものように出迎えてくれるアラヤマツミ。キッチンで料理を作っているハガミ。

その日の夕食は、あさりの炊き込みごはんと、和風ポトフだった。

「はぁ〜温まる。優しい味ねえ」

ポトフの中身は、ふわふわの鶏肉と、白菜でベーコンを巻いたロール白菜。そしてたっぷりのたまねぎと、エリンギ、れんこんだ。

味つけはコンソメと塩コショウでシンプルに。れんこんや白菜が入っているところが何となく和風という感じがする。

「今日のお酒は甘めで柔らかいわね。おいしい」

「ぽとふが優しい味なのでな。雰囲気を合わせてみたのじゃ」

「その判断、大正解ね！」

アラヤマツミを褒めちぎりながら冷え冷えのお酒を飲み、ほかほかのあさりごはんをぱくっと食べる。

「あさりのだしがこれでもかってぐらい出てる！　三つ葉がいい仕事してるわね」

爽やかな三つ葉の香りとともに食べるあさりごはんは、ほんのり醤油の味も合わさって香ばしい。

「ぽとふは、好みで練り辛子を使うと良いぞ」

キッチンでお茶の用意をしていたハガミが、朋代のテーブルに練り辛子の入った小皿を置く。

「しかし朋代よ。また奇妙な頼まれ事を引き受けたのだな」

「んー。どっちかというと受けざるを得ないというか、外堀を埋められた感もするんだけどね」

朋代の会社に相談された依頼内容はまっとうなものだった。ただ、左近から頼まれた調査がちょっと変わっていただけなのである。

メインはあくまでお仕事。左近の頼み事はついでで良いのだという。

そんなふうに言われると、まあやってもいいかなという気になるし、知り合いである以上、はっきり断るのも忍びない。

(頼み方が上手っていうか、私が断れない性格なのを見越してるっていうか。どっちにしても左近さんって結構したたかなんだよね)

ふう、と朋代はため息をつく。

いい人っぽいのだが、いや実際いい人なのだが、ああいうところはいかにも『タヌキ』なのだ。

アラヤマツミがホッホッと笑う。

「朋代と比べたら、左近は生きた年月が桁違いに長いからのう。ある程度、手玉に取られるのは仕方ないのじゃ。しかし向こうも悪意があって頼んでいるわけではないし、本当に困っていたのじゃろうて」

「ああ。真に祟りだとしたら我々も放ってはおけぬ」

ハガミが神妙そうに金色の目を伏せた。

「左近さん曰く、祟りっぽくはないみたいなんだけどね」

「ふむ。悪さをする妖怪が社員の中に紛れていたら、それはそれで困る話だがのう」

「つまり、左近の会社に妖怪がいるかいないかを調べればよいのか？　それなら朋代が調べて回るよりも、我らが出向いたほうが早いのではないか」

ハガミの言葉に、朋代はコンソメだしが染みたれんこんを頬張りながら顔を上げる。

「そうなの？」

「もし悪さしている妖怪がいたとしたら、そなたでは何も対処できぬであろうが」

「それもそうだ！」

朋代は何の力も持たないただの人間なのである。見つけたところで、全力で逃げるのが関の山だ。

「アラヤマツミ殿であれば、妖怪の気配は察知できるであろうし」

「なんたって我は、神じゃからのう」

ふっふーんと胸を張って、尻尾をぴんと伸ばすアラヤマツミ。

「手助けしてくれるのは助かるけど、出向先で私、蛇とカラスを肩に乗っけて大道芸人するつもりはないわよ」

「そのあたりは抜かりない。我とて学習するのだ。ちゃあんと潜入経路を調べて、誰にも悟られぬように調査するゆえ、安心するがよい」

アラヤマツミが頼もしいことを言うが、本当に大丈夫だろうか。朋代が不安げにハガミを見ると、彼はアラヤマツミに全幅の信頼を置いているのか、腕組みしてうんうんと頷いている。

（まあ、いいか。あの会社でマツミくんたちがヘマしても、他人のフリしたらいいんだし）

わりと薄情なことを考えて、朋代はぱくっとあさりごはんを口にした。

「じゃあ、私は仕事しつつちょこちょこと調べるから、マツミくんとはーくんは独自で動いて調べてよ。そのほうが調査も捗りそうだし。ただあなたたちはどこから見てもカラスと蛇なんだから、見つからないようにしてよ」

朋代が釘を刺すように言うと、アラヤマツミは「まかせよ」と自信満々に、ハガミは「尽力しよう」と返答した。

次の日——。
朋代は左近の会社に赴き、広報部で情報収集に関する業務フローを説明した。そして社内アンケートの内容を確かめて、その実施に使う媒体をどうするかを話し合う。

「当然の話ですけど、アンケートの返答率はいかに答えやすいかに左右されます。紙、メール、口頭でのインタビュー、媒体はいろいろありますが、これは項目内容によっても合うものが変わるんですよ」

「なるほど。一概に社内メールが便利ってわけでもないんですね」

広報部の社員が感心したように頷いた。

「その会社の社風にもよります。元から社内メールに馴染みのある会社ならアリですけど、この会社だと、どんな感じですか？」

「社内メールに馴染めない人、いますね～。ていうかまさに広報部の部長が、ネット関係に疎(うと)いんですよ～」

困ったように言う社員に、朋代は内心「広報部の部長がネットに疎いって大丈夫か!?」と思ったが、所詮他人の会社である。多くは語るまい――と、朋代は思い直した。

そしてなんのかんのと話し合って、結局、一番オーソドックスな紙のアンケートに決まった。朋代と広報部で手分けして、それぞれの部署にアンケート用紙を配りに行く。

(ついでに、世間話としてたたりさまの噂でも集めてみようかな？)

朋代の担当は営業部と監査部だ。コピー室を出て廊下を進むと、向こう側から男性社員が歩いてくる。

（ちょうどいいわ。あの社員さんに、部署の場所を訊ねよっと）

「すみません」

近づいて声をかけた瞬間。

その男性社員は、突然朋代の手をぐっと摑んだ。

「へ――!?」

朋代が目を丸くしたところで、自分の背中が廊下の壁にぶつかる。

（えっとこれは、だいぶ昔に流行った体勢だわ。えーっと確か……）

「壁ドン！」

思い出して口にする。その男性社員は朋代の手を握ったまま、顔を近づけてきた。

「可愛いね、君。見ない顔だけど」

流れるような口調で褒める。顎に指を添えてクイと上げたりして。これは顎クイというやつだな、と朋代は思い出した。

「いやいやいや、待って待って、何するんですかいきなり！」

あまりに鮮やかな仕草で壁ドンされて顎クイされたものだから呆然としてしまったけれど、我に返った朋代は慌てて怒った。

「怒った顔も魅力的だ。んんと、君は朋代ちゃんっていうんだね」

首にかかったゲスト証を見て、にっこりと男性が微笑む。

年齢は四十代後半くらいだろうか。決して若い相貌ではないが、やたらと顔の造りが整っている。イケメンならぬイケオジという感じだ。

明るい茶色の短髪。ちょっと垂れ目なところと、口元のほくろに妙な色気がある。

「ああ、思い出したよ。そういえば広報部でアドバイザーを呼んだんだってね。君がそうなんだ。よろしくね、朋代ちゃん」

「え、あの、その、よろしくって言われてもその⁉」

朋代はおたおたと慌てる。とても情けない話なのだが、こんな風に男性に迫られるのは初めてなのだ。どう対処したらいいかわからない。

（えっと、とりあえず壁ドンをどうにかしたい。距離が近い！　あ、足踏めばいいかな？　いやいや、初対面の人の足踏むのはダメだよね。胸を突き飛ばすとか？　いやいや、どうして私、こうも思考が物理的なのよ。言葉でどうにか離れてもらわないと！）

頭の中がぐるぐるして混乱する。

男性はくすくす楽しそうに笑った。

「君、男慣れしていないんだねえ。可愛いなあ。俺さ、ちょうどフリーなんだよね。君の好みに俺が合っていたら嬉しいな。ちなみに彼氏はいるの？」

　顎を摘まんだまま、男性の顔が、どんどん近づいてくる。

「ちょっ、えっ、なに、ここ、会社なんですけど……！」

　まさかナンパされているのか。会社の廊下でナンパなんて非常識にもほどがある。だがこんなところで大声を上げて非難しても良いものなのだろうか。それともここは穏便に何とかやり過ごしたほうがいいのだろうか——。

「いい加減にしろ。はっきり言うが、それはセクハラだぞ」

　馴染みのある声。べしっと男の頭が叩かれる。

「痛ーい。もうちょっとでお近づきになれそうだったのに」

　男はちぇっと舌打ちして、朋代から離れる。朋代はしばらく壁に張り付いたまま硬直していたが、俊足で馴染みのある声、すなわち左近の後ろにサッと隠れた。

「さ、さ、左近さんっ、この人、なんなのですか!?」

　びくびくしながら訊ねると、左近は困った顔をして頭をかしかし掻いた。

「ほら、すっかり怯えてるじゃないか。悪い癖だぞ、右近（うこん）」

「だって可愛かったんだ。可愛い女の子はどこであろうと口説く。これは俺のポリシーだから」

「そのポリシーで女の子を怯えさせたら元も子もないだろ。お前はなんかこう、決定的に口説くのが下手なんだよ」

「ひっで。左近に言われたくねえし！」

ふたりが侃々諤々と言い合っている。しかし不思議と、仲が悪い感じはしなかった。どこかこう腐れ縁というか、悪友のような感じがするのは気のせいだろうか。

朋代が不思議そうにふたりを見ていると、左近が慌てて朋代に身体を向ける。

「ごめんごめん。こいつはさ、僕と同じで――」

「待て待て左近。自己紹介くらいさせてくれ。最高のアピールチャンスなんだからさ」

「何のチャンスだよ……」

右近の隣で、左近ががっくりと肩を落とす。

朋代があからさまに不審者を見る目で右近を見ていると、彼はニッコリと微笑み、軽くお辞儀をした。

「はじめまして、麗しいお嬢さん。俺の名前は狐野(この)右近。左近とは長いつきあいでね。ンーざっと五百年くらいかな？　そういうわけだから、よろしくね」

ぱちんとウィンクする。腹が立つくらいサマになっていた。

（って、待って。五百年くらいのつきあいって、もしかして……！）

朋代が目を丸くすると、右近はにんまりと形のよい垂れ目を細める。

「そう。さっき左近が『僕と同じで』って言ってたでしょ。俺は狐の妖怪。妖狐（ようこ）なんだ」

「妖狐……」

聞いたことがある。といっても具体的な伝承は知らないけれど。化け狸と妖狐は、河童や天狗、雪女くらい名前が知られている妖怪だ。

左近は「そういうこと」と頷いて、面倒臭そうに腕組みして右近を睨む。

「右近は昔っから女好きでね。あちこち手を出しては何度も痛い目に遭ってきたのに、それでも懲りずにこの調子なんだよ。まあ悪い奴じゃ……いや、結構悪い奴かな？　うん。朋代ちゃんはあんまり近づかないほうがいいかもね。そうだ無視していいよ」

「こら！　本人を目の前にして酷いことを言うなよな。左近の恥ずかしい過去もいろいろ暴露してやるぞ」

「僕の恥ずかしい過去ってなんだよ」

「茶釜（ちゃがま）に変化してお寺に忍び込んだものの、和尚に火をかけられて泣く泣く逃げた話とか」

「そんな大昔の失敗話、よく覚えてるな。さすが妖狐。執念深さでは天下一品だ」

「はっはっは、褒めるなよ」

「褒めてねえ！」

ああ言えばこう言う。左近が怒って右近がからかって。その言い合いを初めて見た朋代でもわかるくらい、ふたりは息ぴったりだった。

（そりゃ五百年のつきあいだものね、納得だわ）

しかしひとつの会社にふたりも妖怪がいるなんて驚きだ。そんなこともあるんだなあと朋代は思う。

「朋代ちゃん。そのアンケート用紙、もしかして営業部に持っていくつもりだった？」

「え？　あ、はい。営業部と監査部です」

「じゃあ俺が代わりに持っていってあげるよ。さっき驚かせちゃったお詫びにね」

右近が実にスマートな仕草で朋代から用紙を取り上げる。

「それから左近に頼まれて、たたりさまを調べているんだよね。ご苦労なことだ。朋代ちゃんにはまったく関係のない他人事なのに、人がいいから引き受けちゃったんだね〜」

ニコニコ笑顔で同情の言葉をかけてくるものだから、朋代は困ってしまい、俯いた。

「ま、まあ。私自身、妖怪や神様と同居してますし。祟りと聞いたら完全に他人事でもありませんから」

「ふふふ、朋代ちゃん。そんなにお人好しだと、都合良く扱われて用済みになったらポイッてされちゃうよ。左近はこう見えて結構な悪者だからね。タヌキのお願いはそう易々と引き受けたらダメだ。せめて報酬の約束くらいは取り付けておかないと」

「ちょっとー！　本人の前で悪口三昧やめてくれませんか。名誉毀損で訴えるぞ！」

左近が怒り出して、右近はぺろっと舌を出す。そして「さっきのお返しだ」と言った。

「それはそれとして、俺でよければたたりさまについて、知ってることを教えてあげるよ」

朋代は目を丸くした。それは願ってもない。だが、ここで素直に右近の話を聞いてもよいものか？

すっかり右近に警戒心を抱いてしまった朋代は、左近の後ろからじーっと睨む。

「情報を教えるかわりに、無茶振りとか、しません？」

「しないしない」

「本当かなあ……」

彼の笑顔はどうにもうさんくさい。油断したら高額商品を売りつけられそうだ。

「本当だってば。そりゃ、お返しにデートでもしてくれたら嬉しいけど、無理強いはしない主義だしね」

「何を言ってるんですか。……まあいいか、いざとなったら左近さんを盾にして逃げますし」

「朋代ちゃんも結構辛辣だよね」

左近がトホホと肩を落とす。

「じゃあ教えてください。たたりさまって本当にいるんですか？」

朋代が改めて訊ねると、右近は瞳をきゅっと細めた。そういう仕草は、何となく狐っぽい。

「本物の祟りかどうかはわからない。でもね、会社の女の子の間で妙な占いが流行ってるんだよ。ほら、こっくりさんって知ってる？　あんな感じなんだ」

こっくりさんは、聞いたことはある。やったことはないが。

朋代はうろ覚えな記憶を総動員させて答えた。

「ええっと、五十音と数字と鳥居を書いた紙を置いて、十円玉に指を置いて占うんですよね。ひとりじゃなくて、複数で占うんでしたっけ？」

「うん、概ね当たり」

「右近、僕、初耳なんだけど。それって動物霊を呼び寄せる交霊術だろ。そんなことを、うちの女性社員たちがやっているのか？」

左近が驚いたように訊ねる。右近はアンケート用紙の入った袋を片手に、軽く壁に寄りかかった。

「危険じゃないなら別にわざわざ言う必要はないだろ。実際、その占い自体は昔からあったそうなんだ。噂によると、創業時からだってさ」

「創業時!?　そんな前から、女性社員の間で?」

「先輩から後輩にって感じで、受け継がれてきたらしい。誰が言い始めたかは知らないけど、気づけばソレは『たたりさま』と呼ばれるようになっていたんだ」

朋代と左近は揃って「へえ〜」と感心したように相槌を打つ。

考えてみれば、朋代が働く会社でも怪談のひとつやふたつあったのだ。この会社は朋代のところよりも古そうだし、怪談も本格的になるのかもしれない。

「ちなみにここって創業何年なんですか?」

「えーっと七十年くらいかな。会社は、ハクを付けたくて老舗って言ってるみたいだけど、実際は老舗とは言えないよね」

「たった七十年だもんな。会社が軌道に乗り始めたころに高度成長期とやらが到来して、バブルに乗っかってポンポンッとうまくやったらしい。時代に助けられたんだなあ」

ふたりの会話を聞いた朋代は苦笑いだ。七十年なんて、朋代にとっては充分長い年月なのだが、左近と右近にかかれば『たった七十年』になってしまうらしい。

「でもさ、さっきこっくりさんを例に出したけど、たたりさまはそこまで本格的な交霊術じゃない。言わば『悪ノリの遊び』みたいなものだったんだ。息抜きみたいな感じだね」

「い、息抜きに、そんな物騒な名前の遊びをするんですか……？」

朋代なら絶対にやらないし、きっと興味も湧かない。右近は軽く肩をすくめて「おっかないよねえ～」と笑った。

「でもこれだけは確実に言える。あれで動物霊などを呼び寄せてはいない。もちろん妖怪もね。でも、個人的にちょっとだけ気になったんだ。一度だけ、女の子達が休憩室でやってるのを見たことがあったけど……」

そこで右近は翡翠色の瞳を細めてニタリと意地悪な笑みを浮かべる。

「悪い意味で、中途半端な感じがしたよ」

それはどういうことなのか。具体的に何が中途半端なのか。

その時の朋代にはさっぱり理解することができなかった。

＊　＊　＊

一方そのころ――。

コツコツと、廊下に靴音が響く。

その廊下を営業部に向かって歩いていた、営業部所属の女性社員は何とはなしに振り向いた。

「……!?」

思わず足を止めて、向こう側からやってくる人を見つめてしまう。

「こんにちは。打ち合わせでまいりましたが、営業部はこちらの廊下の先で合っていますか？」

首にかかっているのはゲスト証。女性社員はコクコクと黙って頷く。

否、言葉を出すことができなかった。何も言えなかったのだ。

なぜなら目の前に立つ人たちは、今まで見たことがないほどの美形だったから。

女性社員に声をかけてきた男性は、年齢は四十から五十ほどの中年男性。匂い立つような大人の色気に満ちていて、がっしりと肩幅が広く、外国製のスーツがよく似合っている。背も高くて、日本人離れした金色の瞳は吸い込まれそうなほど綺麗。鼻筋が高く、相貌が完璧に整っていた。

そしてもうひとり。中年男性の少し後ろで柔和な微笑みをたたえる青年。

こちらは二十代後半くらいだろうか。若すぎず、老けすぎずといった感じである。触れればサラサラと音がしそうなほどクセのない短髪は明るい茶色で、光にかざせば琥珀色に輝きそうだ。金色の瞳は美しく、優しいまなざしに吸い込まれそうになる。かっちりしたビジネススーツがほどよく似合っていて、慈しみにあふれた笑顔が魅力的で、彼の営業トークにかかればどんな頑なな女性でもたちどころに何でも受け入れてしまいそうである。

――外国人かしら。でも、営業部に来客の知らせは来てないけれど。

女性社員は一瞬不思議に思ったが、すぐに思い直す。来客の知らせがあろうがなかろうが、そんなことどうでもいい。テレビのイケメン俳優が裸足で逃げ出しそうな超絶イケメンが、しかもふたりも目の前にいるのだ。それに比べたら知らせのあるなしなんて、些細な問題である。

女性の頷きを見て、中年男性の後ろにいた柔和な微笑の青年が満足そうな顔をし、言葉を口にした。

「教えていただき、感謝する。それでは失礼するぞ」

――その笑顔といったら、まるで大輪の花が咲き綻ぶようではないか。

へなへなと腰砕けになってしまった女性社員は、そのまま壁に倒れこんでしまう。

ふたりはそんな女性社員に軽く会釈して、営業部に向かって歩いて行った。

廊下の角で曲がって、すぐさま壁に張りつき、うしろを確認する。

「うむうむ、不審がられてはおらぬようじゃな」

「振り返って見つめられた際には、どのようにごまかすか悩んだが、うまくいってよかった」

しめしめ顔の青年と、ホッと胸を撫で下ろす中年男性。

それはもちろん、人間に擬態したアラヤマツミとハガミである。

朋代には言わなかったのだが、さすがに会社内を蛇とカラス姿でうろうろするつもりはないのだ。以前、朋代の会社に入り込んだ時にアラヤマツミは学習したのである。人の目が多いところでは、人の姿で紛れるに限ると。むしろカラスと蛇の姿だと悪目立ちしてしまうのだ。

「しかしこのびじねすすーつという装束は便利じゃのう。これを着ればたちどころに我々もさらりーまんじゃ。画一的な装いは、我々の立場をごまかすのに最適であった」

「多少窮屈なのが気になりますが、こればかりは仕方ないですね」

ハガミは体格が良いので、外国製であってもフォーマルなスーツがきついようである。

ネクタイも息苦しそうだ。

「髪もこのように短くしてしまえば、こんなにも人間に溶け込める。さてさて、潜入捜査開始じゃ！」

アラヤマツミはノリノリで拳を上げて、堂々と歩き出した。ハガミは「そうは言っても、絶対に我々は目立っていると思うが……」と呟きつつ、アラヤマツミの後に続いた。

ちなみにスーツふたりぶんはもちろん朋代のクレジットカードで購入しているので、あとで怒られること間違いなしである。

「まずは、この建物の構造を理解せねばな。たたりさまとやらが噂されているのなら、噂話をする場所が必要じゃ。内緒話をするのにうってつけなのは、どのあたりかのう」

「どうやらこの社屋は、いくつかの階に給湯室があるようだ」

廊下を歩きながら、ハガミが言う。

「ふむ……？」

アラヤマツミは給湯室に近づくと、扉を開いて中を確かめてみる。

「この狭さは、二、三人で会話するのにちょうどいい広さじゃのう。もしかしたら、休憩がてらにここで集まって、噂話をしているのかの？」

「休憩所は別にありますが、廊下の角に自販機があるだけの場所ですし、噂話なら、密室のほうが都合がいいかもしれませんね」

アラヤマツミとハガミは階段を上って別の給湯室へ赴き、耳を澄ました。

「むう、なかなか都合良くはいかんのう」

アラヤマツミが不満げに愚痴をこぼした時、ハガミが廊下の向こうに目を向ける。

「あちらから複数の女性社員が来るようです」

「ほう、ちと身を潜めてみるか」

ふたりは足早に給湯室へ入ると、すぐさま擬態を解いた。アラヤマツミは蛇の姿で、ハガミはカラス姿になる。

にょろにょろ、ばさばさ。ふたりは給湯室のゴミ箱の裏に隠れた。

ちょうどのタイミングで、ガチャリと扉が開く。

「ね～もうサイアクだよね。あのお局（つぼね）課長、早く辞めてくんないかなー」

いきなり口が悪い。アラヤマツミはちょっぴりゲンナリした。

「婚期遅れてるし、当分無理じゃない」

「そういえばお局、総務部長と不倫してるんでしょ。今はどうなってるの～？」

入ってきたのは三人の女性社員だ。ひとりが給湯室の換気扇を回して煙草（たばこ）を吸い始める。

「あーあ、一回ミスするごとにネチネチ文句言って、煩いのなんの。謝ったんだからいいじゃない、ねえ」

「ネチネチ言うのが仕事なんでしょ～。楽なもんだよね」

「はあ、なんかいいことないかな。仕事だるいし、上司はうるさいし、嫌んなるよね」

他人の悪口を言ってはぐちぐち文句を言う三人。聞いているぶんには、非は彼女らにあるようだが、ずいぶん不満が溜まっているようだ。

「ね～、アレやってみる？」

「たたりさま？」

その単語に、アラヤマツミがピクッと頭を動かした。ハガミは黙って耳を澄ませる。

「そろそろいいんじゃない。前のアレも、そろそろ落ち着いてきたしさ～」

「でもあれ、ちょっとヤバくない？　だってマジでなんかさ、起こるじゃん」

「本当にたたりかもって？　それならそれでいいじゃん。面白いし」

あははっとひとりが楽しそうに笑う。

煙草を吸っていた女性社員は換気扇を切って吸い殻を携帯灰皿にポイと入れた。

「そうね。まあ何が起きても起きなくても、せいせいするからいっか」

「んじゃ今度やろ～。あのお局に祟りの鉄槌を！　なんてね～」

きゃっきゃっと盛り上がって、三人の女性社員は給湯室を後にした。

しばらくして、ソロリとゴミ箱の裏から出てくるアラヤマツミとハガミ。

「ううむ……こう言ってはなんだが……左近の勤め先は……」

「一概にそうとは言い切れぬが、おなごの性根に少々……」

問題があるのではないか？　とふたりとも思ったが、とりあえず調査を再開することにしたのだった。

＊　＊　＊

その日の夜――。

朋代とアラヤマツミ、そしてハガミは、揃って左近の家に立ち寄っていた。

「ハガミさん、包丁捌きがお上手ですね。さすがだわ」

「音子こそ、このだしの引き方には感服する他ない。まろやかで穏和な味わいは、まさにそなたの性格を表しているようだ」

キッチンで、音子とハガミが互いを褒め合っている。

朋代はテーブル席で、左近にもらったビールをごくりと飲んだ。

「う〜ん、給湯室で陰口叩くなんて、多かれ少なかれどの会社でもやってるんじゃない？」

ぽいっと枝豆を口の中に入れつつ言うと、蛇姿のアラヤマツミが椅子の上でとぐろを巻き、不満そうに鎌首を揺らす。

「朋代の会社でも頻繁にあるのかの？」

「さあ。少なくとも私は陰口を聞いたことないけど、知らないだけかもしれないし。まあ長く働いてたら不満のひとつやふたつ、みっつやよっつは出るわよ。私だって家でよく愚痴ってるじゃない。たたりさまの単語が出たのは気になるけどね」

ごくごくとビールを飲んで、ぷはーと息をつく。

久々のビールがおいしい。家ではアラヤマツミが拗ねるので、彼が醸した酒以外は飲みにくいのだ。日本酒も別においしいからいいけど、ビールはビールでやっぱりおいしいのである。

「しかしのう、我々は順番に給湯室を見て回ったのじゃが、ほぼ同時にいくつもの給湯室で悪口を囁(ささや)くおなごたちに出くわしたのだぞ。仕事に不満が募るのはわからんでもないが、ちと多過ぎではないか？」

「それは、まあ、確かに」

朋代は難しい顔をして枝豆を摘まむ。ちなみにこれはただの枝豆ではない。塩茹でしたあと、さやごとオリーブオイルで焦げ目がつくくらいに炒めて、軽く七味をかけているのだ。香ばしくてピリ辛で、ビールにとても合う。

「私は基本的に、不満があるとすぐ態度に出ちゃうからなあ」

一時期は、課長に対してもそんな感じだった。今は無事に和解しているが。

向かいで晩酌していた左近がくすくす笑う。

「確かに朋代ちゃんってそんな感じだよね。誰にでもはっきり言っちゃうっていうか」

「そこまで向こう見ずじゃないつもりですけど、あんまり理不尽な目に遭うと口に出してしまいますね」

それがいいのか悪いのか、恐らく、どっちもどっちというところだろう。

「でも、たたりさま……かあ」

アラヤマツミたちが聞いた女性社員の会話と、自分が右近から聞いた話は一致する。

昔からあの会社では、たたりさまという不思議な占いが水面下に存在していた。そして実際に今でも、一部の社員がそれをやっている。

気に入らない上司。口うるさいお局様。不満のある人物を対象に、それをやれば気分が晴れるのだという。

「つくづく妙な風習よね。そういうのって、学校で卒業するものだと思ってたわ」

「はは。まあ、どの世代でもオカルトやスピリチュアルって、一定の人気があるというか、不思議と信じられてるからねえ」

まさにオカルトで摩訶不思議な存在であるはずの左近が他人事のように笑う。

その時、テーブルの真ん中に長方形のフライヤーが置かれた。

「お待たせしたわね」

音子が続いて大皿をテーブルに載せる。

「これってもしかして、串揚げですか？」

大皿には、衣をまぶした一口サイズの食材がいっぱい並んでいる。音子は「ええ」と頷いた。

「ハガミさんが手伝ってくれたから、支度も早く済んだわ。ありがとうございます」

「うむ。たいしたことはしていないが」

椅子に座りながら、ハガミが厳かに言った。

「すごーい、串揚げだなんて豪勢！　こりゃ左近さんが太るわけですね～」

「一言多いよ!?　それに僕だって串揚げはずいぶん久しぶりなんだからね！」

左近が慌てて弁解する。音子はくすくす笑って、リビングでテレビを見ていた伊予を抱っこして、子供用の椅子に座らせた。

「串揚げは、基本的にはお客さんが来た時くらいしかしないのよ」

「衣をつけたり、手間がかかりますもんね」

「衣は、慣れちゃえば簡単よ。でもほら、どうせなら種類豊富にいきたいでしょう？　食べてくれる人が増えるぶん、色々用意できるからね」

　確かにそうかもしれない。

　朋代は「いただきます」と両手を合わせてから、まずぎんなんの串を手に取った。フライヤーに入れると、じゅーっと揚げる音がする。

「これは楽しいわね～！」

「僕はイカにしよっと」

　左近も串を取って揚げ始める。

　ぎんなんはすぐに火が通って、朋代はソースを軽く掛けたあと、息を吹きかけて冷ましてからぱくっと食べた。

「あつあつ！　でもおいしい～。ぎんなんがあま～い」

　揚げたてのぎんなんはほくほくした食感で、優しい甘さがある。口の中が熱くなったところで冷え冷えのビールをごくっと飲むと、のど越しがいっそう爽やかだった。

「はあ、幸せ。ここに住みたい」

「おぬし、まことに調子がいいな……」

ハガミが心底呆れた顔をしている。

「だってここに住んだら、音子さんが優しく労ってくれるし、伊予ちゃんのキャワイイお顔が毎日見られるし。ねー」

「ねー」

朋代の斜め前に座っている伊予は、歯を見せてにかっと笑った。ちなみに彼女は揚げ物ではなく、お子様ランチプレートのようなものを食べていた。台形に盛られたごはんに、南瓜（かぼちゃ）の煮付け、魚のハンバーグ。それはそれでとってもおいしそうだし、音子の愛情をたっぷり感じる。

「ひゃーもう、このもちもちほっぺ。きめ細やかで毛穴の見えないつるつるお肌、うらやまし～い！」

「朋代、食事している子供の頬をつつかぬように」

「はい……」

ハガミに叱られて、朋代はしぶしぶ揚げ作業に戻る。

次は魚を食べてみたい。朋代は鯖（さば）の刺さった串を見つけて揚げてみる。

じゅーっと香ばしい音を聞いていると、同じように具材を揚げていた音子が、思い出したように話した。

「さっき朋代さんたちが話していたこと、なんとなく聞いていたけれど、まだあの風習が残っていたのね」

「え？」

朋代はキョトンとする。

「あ、言ってなかったっけ。音子さんもあの会社で働いていたんだよ」

「そうだったんだ。……って、もしかしておふたりって、職場恋愛からの結婚？」

訊ねると、左近と音子は顔を見合わせてから、照れたように頷く。

「ま、ま、まあ、だって僕ってこんなだし、全然モテないし、女の人との出会いのきっかけなんて、職場くらいしかないもんね！　なんか自分で言ってて悲しくなってきたなあ」

左近は笑いながら嘆き、ちくわを揚げる。

「妻としては、モテないほうが安心ですけどね」

くすくすと音子が微笑む。

「話を戻しますけど、私があの会社で働いていたころも、給湯室で陰口を叩く風習はあったんです。社内風紀的によくないから、度々監査部から注意があったんですけどね」

当時を思い出したように、音子はふうとため息をついた。

「複数で給湯室に行かないとか、あと、火事の恐れもあったので禁煙にしましたね。とはいえ、今日のお話の様子では、どちらのルールも破られているみたいですけど」

「明確な罰でもない限り、注意だけじゃなかなか改善されないんだろうねえ。喫煙は屋上ならOKなんだけど、そっちは男性社員がよく使ってて、女性の喫煙者は隠れて吸う人が多いみたいなんだ」

左近が困り顔で言った。

「音子さんはそのころ、たたりさまの噂を聞いたことあるんですか？」

ビールをひと口飲んでから朋代が訊ねると、音子は首を横に振る。

「私は、会社に仲のいい同僚もいませんでしたし、基本的に嫌われていましたからね。どちらかといえば、陰口を言われる側だったと思います」

「え……」

ぽろりと、朋代の串がお皿に落ちる。

「ええーっ！　音子さんが陰口の対象!?　ないない、どうしてそんな。だって音子さんめちゃくちゃいい人じゃない。おのれ誰よ、こんな菩薩（ぼさつ）を捕まえて。とっちめてやるわっ」

ぐいと腕まくりをする朋代を、アラヤマツミが「落ち着くがよい」となだめる。

「人が悪し様に言う対象が、必ず悪人である必要はないであろう？　むしろ勤勉で真面目な人間ほど、妬みを買って悪口を言われるものではないか」

「うぐ。それは、一理あるかも」

成功者は妬まれる。善人はいい子ぶっていると決めつけられる。悲しいが、それが世の常である。

「私は監査部に所属していましたからね。監査部って、どうしても社員から嫌われてしまうんですよ。私に限らず、皆煙たがられていましたよ」

「監査部かあ。ウチに監査部はないけど、学校で言う風紀委員みたいなものですよね。中には鬱陶しいと思う人もいるんでしょうね」

それでも陰口を叩く必要はないと思うのだが……と思いつつ朋代が言うと、音子が「ええ」と頷く。

「けれど、私が勤めていたころは、そこまで酷いものじゃなかったですよ。ただ、給湯室に女性社員が集まって井戸端会議をすることが多かった、くらいのものです」

「音子さんが会社を辞めてから酷くなったってことですか？」

「どうなんでしょう。あのころは、定期的に給湯室を見回りしていましたけど……少なくとも複数の階の給湯室で、皆口を揃えて陰口を叩く、というような極端な感じではなかったはずなんですけど」

そう言いつつ、音子は隣に座る伊予のごはんをスプーンで集めて、彼女に食べさせた。

「そういえば、あのころはおまじないが流行っていましたよ」

「おまじない？」

「監査部の人たちが話しているのを聞いただけですけど、会社に棲み着いているおばけに嫌いな人をこらしめてもらうっていう、おまじないなんですって」

その時、音子の話を黙って聞いていた左近が、突然ガタッと立ち上がった。

皆がびっくりして、左近に目を向ける。伊予まで目を丸くしている。

「あ……ごめん。なんでもないんだ」

慌てて座り、左近は串揚げの食材を選び始めた。

朋代とアラヤマツミは不思議そうに目を合わせて、朋代は食事を再開した。

「思い出したんだよ！」

次の日。出向先の会社の屋上で、左近が切羽詰まった様子で言った。

その場にいるのは、朋代と人間に擬態したアラヤマツミとハガミ、そしてなぜか右近。

全員がぱちくりと瞬きする中、左近がいつになく真面目な顔つきで話を続ける。

「昨日、音子さんの話を聞いて思い出したんだ。昔、音子さんの周りに変なのがまとわりついていたことがあったんだよ」

「昔って、どれくらい昔なの？」

朋代が訊ねると、左近が腕組みして考え込む。

「まだ音子さんとおつきあいする前だったなあ。七年前くらいかなあ」

「ああ、左近が彼女に片思いして、さながらストーカーの如く、こっそり追いかけ回してたころか」

右近が空を仰ぎながら言って、左近が「余計なこと言うなー！」と怒った。

「音子さんも言ってたけど、当時の彼女は……確かに嫌われていたんだ。僕は大好きだったけどね。とにかく真面目で厳格でルール違反は絶対許さないって感じの、まさに監査部としてうってつけみたいな人だったから、疎む人も多かったんだよ。僕は彼女の真面目で頑張り屋なところが大好きだったけどね！」

「いちいち愛の自己主張はしなくていいぞー」

右近がやじを飛ばす。本当にこの人、なんでこの場にいるんだろう……と朋代は思った。

ちなみに、ここに集まった時にアラヤマツミとハガミ、そして右近は、互いに自己紹介している。

『化け狸がいるのだから、妖狐もいるだろうと思っていたが、こんなに近くにいるとは思わなかったな』

アラヤマツミとハガミはそんな感想を口にしていた。対して右近はというと。

『天下の天狗様と、まっとうな神様が同じ街に棲んでたなんて！　いや～ご利益にあやかりたい。特にアラヤマツミサマ、俺に素敵な彼女ができるお守りとか売ってくれませんか？』

と、いつもの調子だった。さすがのアラヤマツミも、ちょっと戸惑っていた。

「不本意だけど、音子さんが当時嫌われていたのはわかったわ。それで、変なのにまとわりつかれていたって、どういうことですか？」

朋代が改めて訊ねる。

「なんというか……信じられないかもしれないけど、地縛霊（じばくれい）が複数くっついていたんだよ。地縛霊って本来はそういうことをしないんだけどね」

左近の説明に、朋代はゾクッと悪寒を感じた。

なんだか似たような経験を、一年くらい前に経験した気がする……。

朋代は思わず、自分の会社で起きた幽霊騒ぎを思い出して、腕をさすった。

「ええと地縛霊。なんかあれよね、プラズマ現象よね」

「ほんに朋代は霊魂に関することが苦手なんじゃなあ。地縛霊など、そこら中におると言うとるだろうが」

「ひえーっ、言わないで！　言ったら気になるでしょ！」

朋代が耳を覆う。

「わあ、朋代ちゃんってお化けが怖いんだ。可愛いな〜」

右近が楽しそうに言って、ハガミがなんとも言えない顔をした。

「それで？　その……じ、地縛霊とやら、どうしたんですかっ」

口にもしたくない言葉だが、しなければわからない。朋代はしぶしぶ訊ねた。

「ああ、地縛霊は本来なにもしない、無害な存在だからね。音子さんにまとわりついていた時も、別に悪さすることはなかったんだ。でも気味が悪いからねえ。追い払ったんだよ」

左近がパッパッと手で払うような仕草をする。そんな雑な感じで祓えるのかなと朋代は思った。

「でも、それからも地縛霊はしつこく音子さんにまとわりついてきたんだよね。だから次は強めに脅したんだ。そうしたらやっと、音子さんの周りには居着かなくなったんだよ」

「左近が強めに脅したとなれば、相当であるな」

ふむ、とアラヤマツミが腕組みをして考え込む。

「相当って、どれくらいなの？」

なんとなく気になった朋代が訊ねると、ハガミが答えてくれた。

「左近は黄泉の国の閻魔(えんま)に面通りができるほどの力を持っておるからな。左近にかかればちょっとした怨霊もあっさり祓えるぞ」

「え、そうなんだ」

怨霊とやらがどれほどの存在かは知らないけれど、左近は妖怪の中では意外と強いほうらしい。

朋代が目を丸くして感心していると、左近がジト目をした。

「そこまで『しんじられなーい』って顔しなくてもいいのに」

「あっ、ごめんなさい。左近さんっていつも河野くんに叱られて、音子さんに厳しくダイエットさせられて、ひいひい言ってるイメージしかなかったので、つい」

素直に謝ると、右近がげらげら笑った。

「ちなみにその話、音子さんにしたんですか？」

「なんで？　してないよ。大したことじゃないし、変に話して怖がらせたくもないしね」

あっけらかんと言う左近に、朋代は内心彼を見直した。

目立つタイプではないので、なんとなく近所に住むおじさんみたいなイメージを持っていたけれど、彼はこんなにも音子を想って、陰ながら守っていたのだ。しかもそれをひけらかすような真似もせず、一途に彼女を愛している。

(素敵な旦那さんよね……)

私にもそんな夫ができるかな、なんて考える。できれば自分のお相手はもう少し痩せていて欲しいところだが。

すると何かを鋭く察知した右近が、唐突に朋代の手を握った。

「俺も左近くらいの力は持っているし、君が望むなら、ずっと守ってあげるよ」

ニコニコと人なつっこい笑顔を見せている。

朋代はゲンナリと疲れた顔をして、右近の手を振り払った。

「悪いけど、妖怪は結構です」

「えーっ、妖怪だからダメなのか？　差別だよそれー！」

「差別してるつもりはないけど、右近さんってあっさり心変わりしそうだし、嫌です」

「それは誤解だよ。俺ほど一途な男はいないね。何なら朋代ちゃんの好みに合わせて見た目の年齢を変えてもいいよ。ねえ、何歳くらいがタイプ？　顔はこのままでいいかな。結構気に入ってるんだよねー」

　自分の頬をぺちぺち叩いて、調子よく話す右近。朋代が頭痛を覚えていると、隣に立つアラヤマツミが、めずらしく不機嫌な様子で右近を睨んだ。

「おぬし、ちと軽薄が過ぎるのではないか。あまり朋代を誑かさんでくれ」

　朋代は少し驚いた。アラヤマツミがそういう苦言を呈するのは初めてな気がする。何でも鷹揚に受け止め、どこか達観したような言葉を口にするのが彼のスタイルなのに。

　しかし右近はといえばどこ吹く風。むしろニヤニヤと笑みを浮かべてアラヤマツミを見る。

「いやいや、俺は結構真面目なつもりですよ。この態度が気に入らないなら失礼しました。でも俺は、相手によって態度を変えるつもりはないのでね。それに、朋代ちゃんを口説くのにいちいち神様の許可を頂かないとダメなんですか？」

　まるで挑発するような笑顔を向ける。対してアラヤマツミはあからさまにムッと眉間にしわを寄せて不機嫌な顔をした。

（あれっ、なんか不穏な気配!?）

朋代は慌てて「とにかくー！」とふたりの間に割って入った。

「当時音子さんが嫌われていて、ある日彼女に地縛霊が取り憑いた。このふたつが関連しているかどうかはまだわからないけれど、音子さんが『たたりさま』の被害を受けかけた可能性があるってことよね。なら、今日は給湯室を中心に、念入りに調査してみましょう」

ぐっと拳を握って意気込む朋代のうしろで、ハガミが「なにやら面倒な雰囲気になってきたな……」と呟いた。

――夕方。広報部と仕事をしていた朋代は、定時にオフィスを後にする。そして階段を使って帰るふりをして、サッと階段を駆け上った。

そして左近に指示された十階の会議室に滑り込む。

「はーっ、他社の家捜しなんて、バレたら怒られるだけじゃ済まないわね」

げんなりと呟く。そこには蛇姿のアラヤマツミと、カラス姿のハガミが待機していた。

「ここは今日一日、左近が仕事の作業に使うと言って借りたそうだ。社員が全員会社を出て行くまでここから出なければ、まあばれることはないだろう」

「そうかもしれないけど、鍵がついてるわけじゃないし、ガチャッて開けられたら終わりだからね。私はすみのほうで隠れてるわ」

ごそごそと目立たない場所に移動して、朋代はお昼にコンビニで買っておいた夕飯用のおにぎりを頬張る。

しばらくすると、左近と、なぜか右近が入ってきて、全員で夜中まで待機した。

そして夜がふける。アラヤマツミがそっと壁に寄りかかって「うむ」と頷いた。

「もう人の気配はせんぞ」

「じゃあ、早速行きましょう。給湯室は二階と五階、七階と十階、十二階とバラけているから、手分けしたほうが早いわね」

「それなら俺と左近が二手に分かれて、お三方はどっちかについてきたらいいんじゃない？　そのほうが案内もできて楽だしさ」

右近の意見に、ハガミが「そうだな」と頷いた。

「では我は右近と共に行こう。左近には朋代とアラヤマツミ殿がついていけばよい」

「えーっ、逆じゃない？」

すぐさま反対する右近を、ハガミがジロリと睨む。

「我では不満か」

「めちゃめちゃ不満。でも、ここでダダを捏ねたら怒られそうだし、やめといてあげよう」

朋代はガクッと脱力感を覚えた。本当に右近はいつでもどこでもペースを崩さないというか、こっちの調子が狂ってしまいそうになる。

しかしハガミの提案は素直にありがたかった。朋代は安堵しつつ左近とアラヤマツミと共に一階に向かった。

朋代たちは一階から登る。ハガミたちは最上階から降りる。そうして一階一階、給湯室のほかに休憩所、喫煙所を確認し、何か気になるものはないか探し始めた。

やがて、七階の階段で朋代はハガミと再会した。

「上はどうだった?」

「うむ。予感的中という感じだな。そちらはどうだった」

「私も同じ。この会社、左近さんや右近さんには悪いんだけど、ちょっと性格が陰湿な人が多いんじゃないかな……?」

他人様の会社を悪く言いたくないのだが。

朋代が苦い顔をすると、左近と右近は揃って笑う。

「まあ、人間社会では割と歴史が長めの会社だし、いろいろあるよ」

「あんな趣味の悪い『遊び』がこの時代まで受け継がれてきたくらいなんだ。あくまで一部だろうけど、そういう人間って自然と集まりやすいんだよね〜」

ふたりとも、まったく気にしていない様子。そういうところはどっちも長年生きているいろなものを見てきた妖怪という感じだ。人間の悪感情を達観しているところがある。

「七階はまだ調べていないか？」

ハガミの問いかけに、朋代は頷いた。

「では、皆で確認するとしようかの」

朋代の肩に乗っていたアラヤマツミがぴょいと鎌首を揺らした。

全員で真っ暗な廊下を歩き、左近が給湯室の扉を開ける。ぱちっと照明をつけて、朋代は戸棚の中やミニキッチンの中を調べた。

「あっ、ここにもあったわ！」

ミニキッチンの天井側の戸棚。その隅っこに目的のものがあった。

ぺらりと薄い紙。そこにはびっしりと、ひらがなの五十音字が書いてある。

朋代とハガミが二枚ずつ、そしてここに一枚。計五枚、まったく同じ紙が見つかった。

「うーん、やっぱりこっくりさんとは違うね」

紙を見ながら、朋代が言う。あの有名な占いは地方によって違いはあるものの、一番上に書く鳥居のマークは共通しているはずだ。しかしこの紙には鳥居のマークがない。代わりに『怨』という字が書かれていた。

「ぶっそうな漢字ねえ……」

何度見ても陰湿だ。悪意てんこもりという感じである。

「恐らくだけど、これはこっくりさんをアレンジした交霊術なのかもしれないな。あくまで遊び半分だったんだろうけど、こういうのって『向こう』が勝手に寄りやすいんだよ」

紙を片手に、左近が真面目な顔をして言う。

朋代はゾワッと悪寒を感じて、思わずアラヤマツミの首をぎゅっと握ってしまった。

「ぴぎゃ！」

「あ、ごめん。左近さん、あんまり変なこと言わないでくださいよ。向こうとか、寄りやすいとか、なんか怖いっていうか、変に思わせぶりだし」

気味が悪くて紙も触りたくない。朋代は集めた紙を左近に押しつけた。

「脅かすつもりはなかったんだけど……」

「大丈夫。そんな時こそ、俺に頼るといい。さあっ、そんな蛇っぽい神様を摑んでいないで、ドーンと俺の胸に飛び込んでおいでっ」

「とりゃー！」

アラヤマツミが飛び出して、右近の胸に頭突きした。ごふうと彼は唸る。

「誰が蛇っぽい神様じゃ。そなたには敬意が足りん、敬意がっ」

「敬意が欲しいなら、ご利益くださいよ。縁結びのお守りくれたら一発でありがたがりますよ」

「あはは……」

朋代は思わず笑ってしまった。オカルトは怖いけど、右近のおかげで気は紛れる。隙あらば口説いてくるところは困るけど、場の空気を読まないところは今の時点ではありがたかった。

「そういえば左近さん。これが交霊術だっていうのはわかりましたけど、動物霊はいないんですよね？」

「いないね～。だから余計に厄介っていうか」

左近が困り顔でかしかしと頭を掻いた。

「ぶっちゃけて言うと、これで寄せられていたのは地縛霊だ」

トントンと紙を揃えて丸めて、左近はポケットから輪ゴムを取り出して留める。

「この紙の五十音字で嫌いな奴の名前を示すと、寄せられた地縛霊は対象の人間にまとわりつき、悪さをする。これが『たたりさま』のからくりってことだ」

「でも、地縛霊って、その場に漂ってるだけで、特に悪いことはしないって、さっき左近さん言ってましたよね？」

朋代の言葉に、左近は「うん」と頷いた。

「でも地縛霊は怨霊や悪霊に変貌することがあるんだ。元々、この世に未練があって成仏できない霊だからね。何かの拍子で、憎しみや恨みの感情を思い出してしまうんだよ」

朋代はぶるっと震えて、アラヤマツミの胴体を掴んだ。なんかもう、何か触っていないと怖くてしょうがない。

「どじょうすくいのようにアラヤマツミサマを掴んで震える朋代ちゃん、可愛いなあ」

「お前はちょっと黙ってろ、な？」

真面目に話してるんだから、と左近が右近に釘を刺す。

「じゃあ、ずっと前に音子さんに地縛霊がくっついていたのも、やっぱり『たたりさま』をされてしまったからってことですか？」

「だろうね。誰にも気づかれずにいたら、地縛霊は悪霊と化して、音子さんに悪さしていたかも。怪我をさせたり、心に傷をつけたり」

思わず朋代は深刻な顔をして俯いた。

「ひどいね。そんな恐ろしいことをしているのに、たたりさまをした人たちは自分たちが加害者だなんてまったく自覚していないんだ」

本当の意味で、彼女らは摩訶不思議な存在を信じていないのだ。彼らが本当にいるとわかっていたら、怖くて『たたりさま』なんてことをできるはずがない。

音子が『おまじない』と言っていたから、その程度の認識なんだろう。

不満が溜まったら、たたりさまというおまじないをする。

あくまでそれ自体はストレス発散のようなもの。『このおまじないをして、あいつが嫌な目に遭えばいいのに』と願うだけの、憂さ晴らし。

そんな息抜きをしたあと、『偶然』、嫌いな奴が痛い目に遭ったら、ざまあみろとほくそ笑む。その程度なのだ。

そして自分たちが何をしたのか知らないまま、彼女らはまた次の嫌いな人を見つけて、たたりさまを繰り返す。

朋代は不快そうに眉間に皺を寄せたあと、ふと疑問を覚えて顔を上げた。

「でも、待って。このたたりさまって、創業時から存在していたんでしょう。なのに、どうして最近になって被害が目に見えるようになったの？　一ヶ月に十人も被害が出たのは今月の話なんでしょ？」

　すると左近が「あっ」と思い出したように目を丸くした。

「音子さんが地縛霊に取り憑かれたころは、他に目立った被害はなかったよ」

「つまり、前からたたりさまに寄せられた地縛霊はいたけど、今ほど悪さする感じじゃなかったってことだな」

　左近の次に右近がふむふむと頷きながら言う。

「では最近、何か変化が起きたということか」

　朋代の肩に乗っていたアラヤマツミが天井を仰ぐ。そしてスッと金色の瞳を細めた。

「なにやら嫌な予感がするのう。早々にどうにかせねばならんようだ」

「うむ。わずかですが、我と同じ匂いを感じますな」

　ハガミも苦い顔をした。

「同じ匂い？　ん？　ん？」

　ひとりわからない右近がハガミや左近に顔を向けた。

　朋代は黙り込む。ハガミと同じ匂いというのは、かつて彼自身がなりかけていたモノということだ。

　すなわち『祟り』。

人間に対する憎しみと恨みが具現化した災厄。妖怪や神と表裏一体の存在。

「ちと荒療治になるが、悪さをしている地縛霊と直接会ったほうが早いかもしれんの」

「そんなことできるの？」

「危険はあるが、できなくはない。しかし相手が暴れる可能性はあるので、できるだけ広いところが良いのう」

アラヤマツミがそう言うと、左近が給湯室のドアを開ける。

「なら屋上に行こう。あそこなら広いし……それに、室内より屋外のほうが危険も少ない」

「ど、どうして屋外のほうがいいの？」

左近を追いながら朋代が訊ねると、隣に来た右近がにっこり笑う。

「向こうが怒って、物を投げてくることがあるからね～。危ないでしょ？」

「それ聞いたことある。ポルターガイストだっけ」

「そうそう、怪奇現象ってやつだね。あれも基本的には悪霊の仕業だから」

階段を上りながら、朋代はそっとため息をつく。

地縛霊とか悪霊とかポルターガイストとか。お近づきになりたくないお歴々が勢揃いである。そういうのとは無縁でいたかったなあ、と思わず遠い目をしてしまった。

七階から十五階まで、全て階段を使うとさすがにヘトヘトである。

秋も中頃の夜は肌寒いほどなのに、屋上に到着したころには汗だくになっていた。

「はぁ～、屋上の風が気持ちいい」

朋代がさらさらと頬を撫でる冷たい風にうっとりしていると、先に屋上へたどり着いた左近が屋上の真ん中にチョークで白い円を描いていた。

「こういう、祓い屋みたいな真似は得意じゃないんだけど……」

「驚いたな。妖怪のくせに陰陽術のまねごとができるのか」

ハガミが感心したように腕組みして、左近の手つきを見ている。

「いや～長く生きてると知識だけは無駄に増えるんだよね。あくまで真似だから、気休め程度にしておいて」

円の中に、縦四本横五本の線を碁盤の目のように描き、その周りに漢字を九つ書いた左近は「よしっ」と言って身体を起こした。

「アラヤマツミ様、準備できましたよ」

「うむ」

朋代の頭から、アラヤマツミがしゅるしゅると降りていく。そしてチョークで描かれた文様の前まで移動した。

「一応、刀印に円を描いて結界を固定してみました。怨霊だと無理ですけど、悪霊程度なら、この円から出られないと、思います、たぶん」

「心許（こころもと）ないのう……」

「僕、あくまで化け狸ですから！　本職じゃないですから！」

左近が泣きそうな顔で喚いた。

「まあ、ないよりましじゃな。よし、では呼ぶぞ」

アラヤマツミはその場できゅっと目を閉じた。すると彼の周りに白い靄が立ちこめて、勢いよく迸る。

白い衝撃は、寒くて冷たかった。朋代は思わず腕で顔を覆う。そしてようやく冷たさが落ち着いたところで、朋代は腕を降ろした。

「わ……」

目の前に、巨大な蛇がいた。その大きさは、ニシキヘビの十倍はゆうに越える。

朋代どころか、長身のハガミでさえ見上げなければ、その鎌首を見ることはできない。

頭には、金色のラインが三本。艶やかで黒いウロコに描かれている。

馴染みのある金色の瞳が、大きく瞬きした。

「マツミくん？」

彼は本当に本物で、正真正銘の神様なんだと。

朋代は今さらながらに再確認した。

「この場に蠢く憐れな魂。我の息吹に応えて出でよ」

厳かな声で言い、アラヤマツミは長く息を吐いた。すると、左近が描いた円の中に黒い靄が現れて、それはどんどん大きくなっていく。

「ヲ、ォ、ヲォヲオオォ！」

身の毛がよだつような叫び声。朋代の全身に怖気が走る。なんだろうこれは。意味もなく怖い。いや、目に見えるものも怖いのだが、それ以上に『何か』が怖い。まるで本能が怖がっているみたいに、身体がカタカタと震えている。

「朋代、ここに来るといい」

ハガミが声をかけて後ろに立ってくれた。それだけで安堵して、朋代はハガミの作務衣の袖を摑んでぎゅっと包まる。

黒い靄はまるで円形の筒のような形になった。

（そっか、あそこから出られないんだ……）

左近が描いたチョークの円から、パリパリと小さい音がしている。そして黒い靄はやがて、ひとつの大きな黒い顔になった。

非常に迫力があって、普通に怖い。ホラー映画も裸足で逃げるレベルだ。

『勝手だ。勝手だあ』

『自分でやればいいのに』

『汚くなりたくないから、オレを、ワタシを、使った。使い捨てた』

黒い顔からいくつもの小さい顔が現れて、口々に言う。

「こっ、ここ、これが、地縛霊さんなの？　ず、ずいぶんと、怖い見た目をしているのね」

朋代の声がうわずってしまうのは仕方ない。今にも逃げ出したいくらいなのを、必死に堪えているのだから。

「いや、これは地縛霊ではない」

うしろのハガミが落ち着いた声で言う。

「見てわかるように悪霊だよ。しかも怨霊になりかけてるね。あはは、左近の見よう見まねの結界じゃ持たないかもなあ～」

右近が他人事のように言うので、左近が怒り出した。

「笑ってないで、お前もなんかやれよ！」

「ええ？　面倒だなあ……。いやでも待てよ、朋代ちゃんの前でいいところを見せる絶好の機会だよな。よし、お兄さんいいところ見せちゃうぞ！」

「おっさんの見た目で何言ってんだ」

腕まくりをしてやる気を見せる右近の近くで、左近が呆れた顔でツッコミを入れた。

「見た目年齢は仕方ないだろ～。同じ会社に長く勤めていると、見た目も意識して老けさせないと違和感を持たれるのだ」

右近は困り顔で言うと、両手をかざして「えいっ」と声を上げた。すると左近が描いた線が赤く光って、印と文字が二重になる。

「左近が作った結界をまるごと複写してみたよ。これなら持つんじゃない？」

「へえ……すごい」

なんだかよくわからないけど、すごいのだけはわかる。

朋代がハガミの袖に隠れながら感心した声を出すと、右近はすぐさまクルッと振り向いた。

「惚（ほ）れ直した!?」

「まず前提として惚れてないです」

「そこからか～っ」

たはー、と右近が大げさに天を仰ぐ。左近はため息をついて彼の顔を押し、ぐいぐいと脇に追いやった。

「はい。お前が調子に乗ると場の空気が台無しになるからね。お疲れ様」

「おぬしら、ほんに緊張感がないのう……」

巨大な蛇と化したアラヤマツミが軽くこちらに顔を向けて困ったように言う。

「さて、おぬし……いや、おぬしらか？　ずいぶんと不満が募っておるようじゃのう」

気を取り直して、アラヤマツミは悪霊に話しかけた。

『あたりまえだ。ゆるさない』

『望まれたから、傷つけたのに』

『どうして見てくれない。カイダンで転ばせたのに』

『なぜほめてくれない。ワタシはナイフをにぎったのに』

大きな顔から小さな顔が現れては、怨嗟を口にして戻って行く。その様はあまりにグロテスクで、朋代は直視できなかった。

「これ、一体なんなの？　これがたたりさまの正体ってこと？」

訊ねると、ハガミが「そうだな」と頷く。

「たたりさまの正体とは、複数の地縛霊の集合体であったのだ。中途半端なまじないに寄せられて、人間の悪意を無尽蔵に吸収してしまったもの」

「ある意味、これも『祟り』なのだろう。恨み悲しみ憎しみといった、暗い感情の塊」

左近がハガミに続き、なんとも言えない顔で怨嗟をまき散らす悪霊を見上げた。

「妖怪や神が絶望から祟りになり果てるように、彼らは人間の悪意が塗り固められて、祟りになってしまったんだ。こうなってしまうと彼らは人に害を及ぼす存在でしかない。説得も聞かないし、会話も成立しない。ほとんど怨霊だね」

人間に怨みを抱く霊。誰かれ構わず、人と見れば災いを起こさずにはいられない存在。

「しかし、ここまで怨みが成長するには、何かきっかけがあったと思うのだが……」

ハガミがううむと難しい顔をする。

『なぜ見てくれないのか』

『ここまでやったのに、こんなにやったのに!』

『感謝されたい……ありがとうと言われたい……』

かわるがわる、顔が怨嗟を口にする。

彼らの声を黙って聞いていたアラヤマツミは、ゆっくりと頷いた。

「そうか。そなたらの動機は……人に感謝されたかったのだな」

納得したように言って、彼は金色の目を優しく細める。

「人のためになることを進んでやる。感謝されるようなことをする。それは徳を積むということ。そなたらは徳を積むことで極楽に行きたかった。ただそれだけだったのじゃな」

悪霊にはもう、言葉が届かない。アラヤマツミがそう言ったところで、彼らは何も返さない。ただただ、同じ言葉を繰り返す。

自分を見てくれない。ほめてくれない。感謝されない、許さない――。

「ならばその嘆き。我がもらってやろう」

アラヤマツミが細い舌を出す。

「人を恨むのは苦しいであろう。うまくいかぬ苛立ちは、そなたらの心を焼き焦がすであろう。その怨嗟を、我はすべて受け取ってやる」

彼は口を開き、しゅるると息を吸い込む。

すると、大きな黒い顔から黒い靄が湧き上がり、その靄がアラヤマツミの口の中に吸い取られていった。

「安心して逝くがよい。そなたらの罪は、我が肩代わりしてやるのでな」

みるみると黒い靄が薄く消えていく。大きな顔は光り輝き、やがていくつもの輝く光に変わった。

『ア、アァオォアアアァ……ッ』

その声は悲鳴や怨嗟ではない。何か尊いものを手にしたような、感激の声だった。

「よし、みんな地縛霊に戻ったぞ。ハガミ、彼らを集めてほしい！」

左近に声をかけられたハガミが、すぐさま「まかせよ」と動く。大きく手を広げて、何かを抱え込むような仕草をした。複数の白い光がハガミの腕の中に入っていく。

「黄泉に続く道を開けるから、右近は誘導を手伝ってくれー！」

「仕方ないなあ～」

右近が心底面倒臭そうな返事をしたものの、素直にハガミの隣に立つ。

朋代が空を見上げると、夜空に一際黒い渦が現れた。

ハガミに囲われていた白い光の玉がほわほわと揺れて、風船のように宙に浮かび上がっていく。

時折、道を逸(そ)れて余所(よそ)へと行こうとするのを、右近がひらひら手を動かして止めた。

(なんか、綺麗だなあ)

幻想的な光景だ。いくつもの光り輝く玉が宙を泳いで、黒い渦に入って行く。

人の魂って美しいのね、と朋代は思った。

地縛霊はこの世を彷徨(さまよ)う憐れな霊。あの世に行きたい気持ちはあるけれど、未練があって足踏みしている迷い人。

「なんのかんの言っても、あやつらの望みは結局のところ、成仏(じょうぶつ)して極楽に行きたいということなのじゃ」

光の玉のすべてが黒い渦の中に入るのを見届けて、アラヤマツミが静かに言う。

「しかし極楽浄土には誰もが行けるわけではない。生前に徳を積む必要があるのじゃ。しかし地縛霊の多くは功徳(くどく)に自信がない。ゆえに死後でも徳を積もうとする」

だが、とハガミが朋代の傍に来て言った。

「人は死ぬとな、いまひとつ善悪の区別がつかなくなるのだ。短絡的になり、深くものを考えられなくなる。『人のためになる』と言われると、本能的に何でもやってしまう。たとえ悪行でもな」

その時、カッとあたりが光る。まぶしさに目を閉じてから再び開くと、アラヤマツミがいつもの細蛇サイズに戻っていた。

「しかし、いくらそれが人のためになると言っても、悪行では徳を積めぬ。ただ報われぬ嘆きと悲しみが募るだけじゃ。そして、人の悪意に向かい続ければあのような悪霊に成り果ててしまう。いいことなどひとつもないであろう？　だから我が吸い取ってやったのじゃ」

ニコッと笑ったアラヤマツミ。朋代は不思議そうに首を傾げたあと、彼に手を差し出した。するとアラヤマツミはにょろにょろと朋代の腕を伝って肩に登る。

「マツミくん、なんか疲れてない？」

「うむ。さすがに何十年も募った怨み辛みの感情は、飲み込むだけで一苦労じゃ」

ふーとため息をついて、朋代の肩にぐったり垂れ下がる。

「悪霊がいなくなったのはいいことだけど、結局、彼らが最近になって突然人に危害を加え始めた理由はわからず仕舞いだったね」

アラヤマツミを肩に休ませたまま、朋代があたりをきょろきょろ見回す。

「確かに。彼らは会話できないくらいになっていたし、事情も聞けなかったね」

右近がたいして困ってもいなそうな顔をして腕組みする。

「うーん。結局そこがわからないと、また地縛霊がここに集まって悪さする可能性があるってことなんだよね」

何か理由がわかるめぼしいものはないかなあと朋代が屋上をうろうろしていると、ふと、給水塔の裏にガラクタのようなものがあるのが目に入った。

「あれ、なんだろ？」

近づくと、それは朱色に塗られた木片だった。これで何かが形作られていたようだが、ぽっきりとふたつに割れている。

朋代はそれを手に取ると、割れた部分をくっつけてみた。

「……なんだか鳥居みたいな形してるね」

大きさにして、Ａ４サイズだろうか。朋代が「むむう」と唸っていると、後ろからハガミや左近がやってきた。

「それ、間違いなく鳥居だよ」

「奥には社のようなものもあるではないか。無残に壊れているようだが」

どうやら、何か重いもので潰されたようだ。社だった場所はぺしゃんこになっている。

「なるほどねー。これがたたりさまの原因だったたってわけだ」

右近もやってきて、うんうんと納得したように頷く。

「どういうことですか？」

朋代が訊ねると、右近はニンマリ笑顔になって人差し指を立てた。

「実はこの会社ね、神社だったところを壊して建てたんだよ。そういう建物って、どこかに社の代わりを建てて祀っているんだよね。それがコレだったんだと思うよ」

誰かが誤ってなのか、それとも故意か。もしくは自然のいたずらかもしれない。原因はわからないが、とにかく代用の鳥居と社が壊れてしまった。

左近は壊れた社の木片を拾って、まじまじと見つめる。

「壊れたのは最近かもね。ほら、木片はまだしっかりしてるし、内側も変色してない。長年雨風に晒されてないって証拠だよ」

「つまり、たたりさまが目立って祟りを起こすようになったのは、これが壊れたから？」

被害の増え方を考えると、一ヶ月前くらいに社と鳥居が壊されたのかもしれない。朋代が言うと、左近が「そうだね」と頷く。

「社があるような場所には、社を建てるだけの理由がある。元から神様が棲んでいたり、霊的な場所だったり、あるいは災いを閉じ込めるためだったりね」

「鬼の首を埋めた首塚にも鳥居と社が建てられているでしょ。あれは、蘇って悪さしないよう、鬼の魂を鎮める意味が込められているんだよ。そういうところが壊されると、まあ間違いなく災いが起きる。でも人間の多くは、その恐ろしさがわかっていないのさ」

困っちゃうね〜と、やっぱり他人事のように右近がお手上げのポーズを取った。

朋代は静かに、壊れた鳥居を見つめる。

誰が壊したかなんて、この際関係ない。

無害だったはずの地縛霊が、恐ろしい悪霊に変貌してしまうきっかけ。それがこの壊れた社と鳥居にあるなら、ただちに直すべきだ。

ふと、朋代はハガミがずっと黙っていることに気が付いた。顔を向けると、彼は静かに、壊れた社を見つめている。

そして、アラヤマツミもまた同じように、どこかもの寂しげな表情を浮かべていた。

ふたりとも、もしかしたら昔のことを思い出しているのだろうか。

アラヤマツミの朽ち果てた山奥の社。

そしてハガミは、社ごと壊されてしまった自分の山を。

「よし、みんなで社を直そうよ！」

わざと明るく言った。皆が朋代に目を向ける。

「壊れたなら元通りにしたらいい。それで地縛霊たちが落ち着いてくれるなら、願ってもないでしょ？」

「うん……そうだね。朋代ちゃんの言うとおりだ」

左近がこくりと頷く。

「まあまた壊されるかもしれないけどねえ。これ明らかに誰かが踏み散らかした後だし」

右近はちょっと不満げだったが、朋代は彼の手をぎゅっと摑んだ。

「まあそう言わずに。また壊されても、何度でも直せばいいんですよ」

にっこりと笑いかけると、右近はすぐさまデレッと目尻を下げた。

「朋代ちゃんのお願いなら仕方ないなあ～」

「単純にできとるのう、おぬしは……」

朋代の肩に乗っかったままのアラヤマツミがボソッと呆れたように呟く。

「では、我は散らかった木片を集めるか。多少小さくなるが、これくらいの壊れ方ならなんとか組み立てられるだろう」

ハガミがその場でしゃがみ、木片を集め始める。

その間に左近は営業部から接着剤を取ってきて、朋代はホウキとちりとりを見つけてあたりを掃いて片付けた。

右近は器用に壊れた鳥居や社を接着剤で繋ぎ合わせ、給水塔の裏側に社と鳥居を立て直す。

「……一応、見てくれはそれっぽくなったけど、なんか……ショボイね」

「まあ、接着剤でくっつけただけだしなあ」

朋代の呟きに、左近がぽりぽりと頬を掻く。形としては鳥居や社なのだが、やはり壊れたものを完全に修復するのは難しいようだ。

「いやいや、ここまで直せれば充分じゃ。あとの仕上げは我とハガミが一肌脱ごう」

「え？」

しゅるしゅるとアラヤマツミが鳥居の近くへ移動する。その時、朋代の頭上でバサッと羽ばたく音がした。思わず顔を上げると、いつの間に変身したのかカラス姿のハガミが、弧を描いて飛んでくる。

その黒いくちばしは、艶やかな葉のついた榊を咥えていた。

「あれっ、その榊ってもしかして、ウチのやつ？」

「うむ。アラヤマツミ殿の神殿にあった榊だ」

鳥居の前でぽとりと榊を落としたハガミが、朋代に向かって頷いた。

「朋代が毎朝水を取り替え、祝詞を唱えることで、我へのみずみずしい信仰を保っている榊。これを使って、この鳥居と社に神の息吹を吹き込むのじゃ」

アラヤマツミは榊の傍で目を瞑る。風もないのに、さらっと榊の葉が揺れた。

「わあ」

朋代は驚きに目を丸くする。商店街の花屋で買っている、特別でも何でもない榊がほわほわと光り出したのだ。それは光の粒に変わって、修繕した鳥居と社に雨のように降り注ぐ。

そして光が止むと、新品のような鳥居と社がそこに建っていた。接着剤でくっつけた継ぎ目も消えている。まるで本来の神々しさを取り戻したかのように、鳥居は艶やかな朱色の輝きを放っていた。

最後にアラヤマツミが、朋代のミネラルウォーターのペットボトルを酒に変える。

「朋代よ、これをかけて、場を浄めてくれんか」

「うん」

朋代は蓋を開けて、鳥居と社にぱしゃっと酒をかけた。

「……人間にしてみれば、これも単なるまじないに見えてしまうのかもしれんのう」

完成した社を前に、アラヤマツミが寂しげに言う。

「それこそ先ほど右近が言ったとおり、またいたずらに壊されてしまう程度の、とるにたらない『置き物』だと思われてしまうのかもしれぬ」

秋の冷たい風が吹いた。そよそよと朋代の髪を揺らす。

静かに佇む社は、やっぱりどこか寂しげに見えた。

「しかし、できれば覚えていてほしいのう。この『置き物』には、大切な意味があることをな」

朋代はそっとアラヤマツミを持ち上げて、頭を撫でた。

それこそ気休めかもしれない。けれども言わずにはいられなかった。

「――わかってる人もいるよ」

どっちが多いかなんて朋代にはわからない。けれども、そこにあるものを踏み散らかす心ない人もいれば、手を合わせて大切に祀ってくれる人もいると思う。

そして叶うことなら、後者の人が少しでも増えてくれるといい。

アラヤマツミは朋代の手に頭を擦り寄せて、「そうじゃな」と穏やかに言った。


左近の会社の『たたりさま騒動』は、こうして人知れず幕を閉じた。

朋代はその後もしばらく広報部とリサーチ業務に励み、滞りなく出向期間を終える。

そして十一月の祝日。前から左近と打ち合わせしていた『お疲れ様会』を、朋代の家にて執り行うことになったのだが……。

「なーにーゆーえー、シレッとそなたが来ておるのじゃー！」

アラヤマツミが首をぴーんと伸ばして怒り出す。

約束の時間にやってきた左近の隣には、うさんくさい笑顔でニコニコと手を振る右近がいた。

「俺も功労者でしょ？　労ってくださいよ～」

「そなたは呼んでおらぬ」

ぷいっとそっぽを向くアラヤマツミに、右近は楽しげに「あははっ」と笑った。

「やだなあこの神様。器が小さいね～。そんなんじゃ出世しませんよ。と言っても、神様の出世ってよくわかんないですけど」

そう言いながらずかずかとリビングに入ってきて、テーブルで餃子を包んでいた朋代の隣にちゃっかり座る。

「なぜさりげなく朋代に近づくのじゃ。ちなみに今、そなたが手に取って尻に敷いたくっしょんは我のお気に入りなのじゃ。返すがよいー！」

「心も狭いねーこの神様。だめですよアラヤマツミサマ。神様ならもっと大らかに、どんなヤツでも懐深く受け入れてくれないと」

ああ言えばこう言う。アラヤマツミはぴるぴるっと身を震わせると、金色の瞳をくわっと見開いた。

「わ、我、こやつは嫌いじゃーー！」

わーんと喚いて、いつもの寝床にすっぽりと身を隠す。

「ううむ、まさかの天敵現る、ね……」

餃子の皮を手に取り、スプーンで具をすくった朋代がしみじみ呟いた。どうやらアラヤマツミは右近との相性が最悪なようだ。

基本的に、相手が何であろうと受け入れられるし、心も広いほうであるアラヤマツミ。しかし右近だけはダメらしい。おそらく性格がとことん合わないのだろう。

「ここまで喧嘩腰になっちゃうのは、百目鬼さん以来かもねえ」

左近が困ったように言った。百の目を持つ妖怪、百目鬼は、見た目が老婆の小説家なのだが、アラヤマツミは彼女とも顔を合わせるといつも余計なことを言ってしまうらしい。百目鬼もしっかり言い返してくるので、延々と口やかましく喧嘩しているそうだ。

でも、そうやって相性の合わない相手がいるのは、ある意味人間味があっていいかも、と朋代はこっそり思う。

「まあ来た以上は追い返すわけにもいかぬ。大したもてなしはできぬが、食べていくといい」

キッチンでニラを刻んでいたハガミが何とも仕方なさそうに言う。

「わあ、もしかしてハガミさんがごはん作ってるの？」

右近は心底驚いたように目を丸くする。対してハガミは胡乱（うろん）げに彼を見た。

「……悪いか？」

「いんや。ただ他の天狗と違って面白いなって思っただけだよー。そんで朋代ちゃんはお手伝いしてるんだ。偉いねー」

「たまたまですよ。餃子の具を包むのって時間かかるから」

実家に住んでいたころは、よく母に頼まれて餃子を包んだものである。

「アラヤマツミ様、ごめんね。僕が家を出ようとしたら、なんでか右近が待ち伏せしてたんですよ」

寝床でふてくされているアラヤマツミに、左近が申し訳なさそうに謝っている。

「こう、ビビッと来たんだよね。タダメシの気配。しかも、おいしいお酒が振る舞われそうな予感。こういう時の俺の直感は、外れたことがないのだ」

はっはっはと右近が笑う。

左近はげんなりと肩を落とした。

「ほんとごめんね。こいつの相手すると疲れるから、あんまり相手にしなくていいよ」

「そんな邪険にしなくてもいいじゃないか！　同じ妖怪仲間でしょー」

そう言って「ねーっ」と朋代に同意を求める右近。

「ねーって言われても、私は妖怪じゃないんですが……」

でも左近が言ったように、真面目に右近の相手をしているとすごく疲れそうなので、朋代は適当にスルーしようと心に誓った。こういう時、わりとドライになれるのが朋代の長所であり短所でもあるのだが、人情深い麻理だとド真面目に会話して心身共に疲れ果てそうだなあと思った。右近の性格からして、麻理のような女性は恰好の餌食になりそうだ。

（麻理ちゃんと右近さんはできるだけ会わせたくないかも。なんとなくだけど、河野さんとも相性が悪い気がするし）

などと考えつつ、朋代は最後の餃子を包み終わって、ふうと息をついた。

「はーくん、餃子包み終わったよ〜」

声をかけると、ハガミは「おお」と感嘆の声を上げて振り向いた。

「助かったぞ。仕上げは我がやるので、待つといい」

「はーい」

肩をぐるぐる回してコリを解し、朋代はポットから温かいお茶を淹れてずずっと飲む。

「ところで、私たちが屋上でいろいろやってから、会社は落ち着いたの？　広報部で仕事してても、そのへんが全然わからなかったのよね」

ふんわりとニラのいい匂いを感じながら朋代が訊ねると、左近がテーブル席に座った。

「うん、すっかり落ち着いたよ。あれから被害はひとつも出ていないし、怪我をした人はもう少しかかりそうだけど、心の具合を悪くした人は元気になったし」

「たたりさま自体は、まだ一部の社員がコソコソやってるみたいだけどねー」

右近が横から茶々を入れる。

「でも監査部が注意したから、ほどなくソレもなくなるよ。異例の『たたりさま禁止令』が通達されたんだよね。いくら社内に気に入らない人がいるからって、オカルト気取りで『呪う』なんて、社会人として問題があるしさ。倫理的にもよくないし」

それは確かにそうだ。部外者である朋代でさえ陰湿な風習だと思ったのだから。

「給湯室自体、いずれ撤去するみたいだよ。創業時からあった部屋だけど、今となっては何度注意しても隠れて喫煙する人がいるし、しょうもない井戸端会議の温床になっているからね。それに、お茶が飲みたいなら食堂に行けばお湯も自販機もあるからねー」

右近が頬杖をつきながら話した。

「なるほどね。完全にはなくならないだろうけど、陰口を叩きやすい場所は減らしたほうが、会社としても健全だもんね」

朋代はうんうんと頷く。

「やっぱりさ、会社の悪口は会社の外で言うべきなのよ」

「悪口自体言わぬという選択はないのかのう……」

寝床からアラヤマツミがちょっと呆れた口調でボソッと呟く。

「悪口はしょうがない！　だって人間、どうしても合わない人はいるし、わかりあえない人もいるの。それでも一緒に仕事しなきゃなんないんだから、外でこっそり愚痴や不満をこぼすくらいは許してほしいわ！」

「朋代の場合は、こっそりというより、堂々と家の中で不満を叫んでいるがな」

大鍋で餃子をゆでながら、ハガミが疲れたようなため息をつく。

するとテーブルの上で頬杖をついていた右近が明るく笑った。

「あはは、朋代ちゃんってすごく人間らしくていいね。清濁併せ呑むっていうか、すごく自分本位っていうか。俺、そういう子はすごく素敵だと思うんだよね～」

「……それ、全然褒めてないですよね？」

自分本位って、ようするに自分勝手でワガママだということではないか？

しかし右近はニコニコしながら「違うよ～」と否定する。

「人は人である限り必ず『悪』の顔がある。それが人間という生き物なのに、どうしてか人は己の『悪』を否定したがるんだ。自分は清く正しく生きているってね」

「そういうもんですか？」

「悪口の正当化はまさにそうでしょ。自分は悪くない、相手が悪いんだって。同志を集めるのもそう。常に自分が正義でありたいんだ。でもそれは突き詰めると悪だと、俺は思うんだよね～」

頬杖をついたまま、右近は遠い目をする。

その目は、ハガミやアラヤマツミもよくしている。遥か昔から人間を見てきた、まるで傍観者のような目だ。

「嫌いという気持ちに理由をつけて正当化すると、嫌いって純粋な感情が歪んでしまう。だからね、好きな物は好き、嫌いな物は嫌いと、自分の感情をまっすぐ受け止められる朋代ちゃんが人間らしくて好きだなって思ったんだよ」

じっと見つめられて、朋代は目を丸くする。

（え、まさかこれ、マジなの？）

そう思った途端、右近はにんまりと意地悪げに口の端を吊り上げる。

「そういう人間って、わかりやすくていいからね」

朋代は重いため息をついてガクッと肩を落とした。

「結局私をバカにしているのね……」

ようするに右近は、朋代が単純だと言いたかったのだろう。悪かったわねと心の中で悪態をつきながら、朋代は残りのお茶を飲み干した。

「これで会社の雰囲気が変わるといいけど、私、屋上の社だけは気がかりなのよね」

ふうとため息をつく。

給湯室を撤去したり、たたりさまの禁止令が通達されたり。それは良い傾向だと思う。しかし屋上の社は、故意に壊そうと思えばいくらでも破壊できるのだ。

ハガミや右近が言っていた。あの社は、誰かの手によって壊されたものだと。つまり、そういう心ないことをする人が、あの会社にはいるということだ。

その事実が悲しくもあり、不安でもある。

だが、そんな朋代の気持ちを知ってか知らずか、左近が穏やかな口調で言った。

「大丈夫だよ、心配しないで」

顔を上げると、彼はニコッと人のいい笑顔を見せる。

「うむ、左近の言うとおりじゃ。あの社については安心するがいいぞ」

寝床でふてくされていたアラヤマツミが、顔をひょいとこちらに向ける。

「やけに自信満々だけど、理由でもあるの？」

朋代が首を傾げた。すると、キッチンで作業していたハガミが、こちらに背を向けたまま話し出す。

「我が社の周りに呪いをかけておいたのでな。悪さをしようとしたら、たちまち腹下しに苛まれよう」

「そんな恐ろしいことをシレッとやっていたのか〜!?」

思わず立ち上がって大声を出してしまう。右近が「あははっ」と楽しそうに笑った。

「ハガミさん、冷静そうに見えて結構やることが過激だよね〜」

「いやいや、笑い事じゃないですよ。呪いなんてかけたらダメじゃない！」

「悪意を持って近づく者以外には何も起きん。本来ならば、最初に社を壊した者に罰を下したかったのだが、そこはアラヤマツミ殿に止められてな」

トントンと包丁で野菜を刻んだものをボウルに入れながら、ハガミがつまらなそうに言う。

「過去の制裁をしても自己満足にしかならぬ。それよりも、同じ過ちを繰り返さなければよいのだと諭(さと)されたのだ」

「……なるほど。それで、次に社を壊そうとした人がお仕置きされるように、呪いをかけたってわけね」

朋代はゆっくりと椅子に座った。

「しかしやり方が酷いっていうか……呪いって、そんな簡単にかけちゃっていいのかな」

ハガミの行動は納得できるが、納得できかねる部分もある。朋代が難しい顔をして悩んでいると、次は右近が「大丈夫だよ～」と明るく言った。

「確かにウチの会社には悪人がいるけどね。でも同時に、善人だっているんだよ」

「え？」

朋代が目をぱちくりさせると、右近はお茶を飲んでにんまり微笑む。

「総務の若い子だったかな。昼休みに、あの社の周りを掃除してたんだよ。去り際にチョコレートなんてお供えしててね、可愛かったなあ」

くすくす笑う。朋代が驚いた顔をすると、左近が同意するように頷いた。

「あの会社には、故意に壊そうとする人もいれば、大切にしてくれる人もいるんだよ」

朋代は、ようやく心の底から安心できた気がした。

「そっか……そうだよね。悪いことをする人もいれば、良いことをする人もいるってことだよね」

たたりさまや、給湯室での陰口。あの会社の悪いところばかり見ていたから、いつの間にかすべての人がそうなのだと思い込んでしまっていた。

でも違う。考えてみれば当たり前のことだった。朋代はようやくそのことを思い出す。

「そうそう。捨てたものじゃないんだよ。悪いことをするつもりだった人が、あの綺麗になった鳥居を見て、気持ちを変えてくれるかもしれないしね」

左近の言うことはただの願望だ。それでも朋代は『そうなるといいな』と思った。

「さて、食事の用意ができたぞ」

ハガミはテーブルの真ん中に、湯気の立つ餃子の大皿をごとんと置いた。

「わあ。これもしかして、水餃子？」

「うむ」

朋代はまじまじと水餃子を見る。

それは湯を張った大きめの深皿に、たっぷりと入っていた。

「焼餃子にしては皮が厚いな〜って思ってたのよね」

「皮は我の手作りだったからな。食感に弾力が欲しかったのだ」

そう言いながら、ハガミは朋代と左近、右近の前にタレの入ったお椀を置く。

「へえ、このタレ、具だくさんだね〜」

右近がタレの中をまじまじと見つめる。

「ニラ、ネギ、ショウガ、シソなどの香味野菜を刻んで入れている。香りの強い野菜は総じて疲労回復の薬膳効果が狙えるのだ」

「この黄色い花びらみたいなのは？」

左近の質問に、ハガミが「それは菊花だ」と答える。

「それ単体で食べると刺激がやや強いが、タレに組み合わせるとちょうどよい。菊花の爽やかな香りも楽しむとよい。ちなみに菊花は疲れ目に良いのだぞ」

「パソコン仕事が多い身には助かるわね〜」

「うむ、遥河が処方しておる、アラヤマツミ殿の目の治療薬にも使われておるのだ」

アラヤマツミはゲームのしすぎで、ドライアイに悩まされているのである。ゲームの時間は決めることや、暗がりでスマホを見るなど、毎回河野が口を酸っぱくして注意しているのだが、左近のメタボと同じくらいなかなか改善されない。

ハガミは餃子の横に野菜をたっぷり包んだ生春巻きと、スイートチリソースの器も置く。

「アラヤマツミ殿、そろそろこちらに来てはいかがか」

寝床に包まっていたままのアラヤマツミに、ハガミが声をかけた。

「そうよマツミくん。あなたのお酒がないと始まらないのよ！」

朋代も声をかけると、アラヤマツミは仕方なさそうにのっそりとテーブルまでやってくる。

「左近ならまったく構わんが、右近に我の酒をふるまうのはなあ」

「ここは神様の心の広さを示すチャンスだよ！　頑張って！」

右近が持て囃すようにパチパチと拍手する。アラヤマツミはガックリと鎌首を落とした。

「そなたに言われてもまったく頑張る気が起きぬが、このまま器が小さいと思われるのも本意ではないのう。仕方ない……我の懐の深さをとくとありがたがるとよいわ」

アラヤマツミはしゅぴーんと胴体を張ると、ハガミが用意したミネラルウォーターの入ったデキャンタにくるりと巻き付く。

「ふふん。中華料理にも負けぬ、濃い旨味にしてやったわ」

ドヤ顔をするアラヤマツミを見たあと、右近が朋代に訊ねる。

「アラヤマツミ様、料理に合わせてお酒の味を変えてくれるの？」

「そうだよ。酸味も香りも、甘めも辛めも、何でも思いのままなの」

「なんて便利な神様なんだ。酒代がまるっと浮くじゃない！」

右近が目をきらきらさせて感激する。アラヤマツミが何とも言えない顔をした。

「そのような即物的な理由でありがたがられても嬉しくないのう……」

朋代は適当に笑ってごまかす。実際、酒代が浮いているのは事実だ。ただその代わりに、アラヤマツミの酒以外の酒が飲みにくいという難点があるのだが、右近ならまったく気にせず、その日の気分で好きな酒を飲んでいそうである。

「では、いただきます！」

朋代は全員のグラスにアラヤマツミの酒を注いで乾杯する。

そのままこくりと飲むと、とても日本酒らしいコメの旨味がどっしりと舌に伝わった。

「わあ、今日のは濃いね～。酸味がしっかり効いていて、まったりしてる」

「これで甘口じゃないのがすごいね。香りは控えめで、後味にキレがある」

右近も素直に賞賛した。アラヤマツミはえっへんとふんぞり返っている。気に入らない相手でも、手放しに褒められると悪い気はしないらしい。

朋代はさっそく、トングを使って水餃子をひとつタレの中に入れた。

「もちもちだね。小籠包みたい」

「あれのような汁は出ぬが、中身が熱いから気を付けるようにな」

ハガミの注意を聞きつつ、朋代は箸で真ん中を割り、具だくさんのタレにたっぷりくぐらせてからぱくっと食べた。

「ひゃーん！　おいしい！」

思わず変な悲鳴が出てしまった。

餃子の中身は、ごろごろの豚肉と、刻んだ玉葱としいたけだった。

玉葱はとろとろにとろけて甘く、人参やしいたけの香りに品の良さを感じる。さらに豚肉は、いわゆる挽肉ではない。ブロック肉をサイコロ状に切ったものだった。

「玉葱の甘さと豚肉の脂の甘さがちょうど合うね。それに噛みしめるごとにごろごろお肉の旨味がにじみ出る感じがたまらないね〜」

右近も絶賛している。左近は早くもトングで次の餃子をおかわりしていた。

「これ、タレがすごくいい仕事してるよ。醬油ベースかな。香味野菜がもちもちの皮によく絡んで、酢の酸味も丁度いい感じ。ああ～豚肉と合う。脂身のさくさくした歯ごたえがくせになる！」

ぱくぱく。三人とも箸が止まらない。朋代はみっつほど一気に食べてから、改めてグラスの酒を飲んだ。

「くうっ……！　餃子のタレの酸味と、お酒の酸味が、びっくりするほど調和してるわ。淡麗な後味のおかげでお肉の脂もすっきりして残らない。だからまたもう一口って欲しくなっちゃう。うう～ん、これぞ永久機関ね」

「酒と肉の永久機関とはまた、身体によくなさそうだな……」

アラヤマツミの酒をちびちび飲みながら、ハガミが呆れ顔で言う。

「ちなみに豚肉も玉葱も、疲労を回復する効果が望めるのだ。今日は『お疲れ様会』だと言うのでな。そういう薬膳でまとめてみたぞ」

「薬膳っていうと何だかヘルシーで味気ないイメージがあるけど、いやあ、料理の仕方でいくらでも変わるんだねえ」

左近がしみじみした顔で餃子を味わっている。

挽肉ではなく、かたまり肉を刻んだものを具にしているのもにくい演出だ。タレにくぐらせるとどうしても具がばらけてしまうので、それを防ぐためだろう。ハガミらしい心遣いである。しかも、かたまり肉を使うことで旨味も増している。一石二鳥とはまさにこのことだなーと朋代は思った。

もう一口お酒を飲んでから、朋代は生春巻きを箸で取った。軽くスイートチリソースをかけてから頬張る。

「しゃきしゃき！　やっぱり生春巻きにはスイートチリソースよね」

透明のライスペーパーには、千切りにしたキュウリに人参、大根が、大判のサニーレタスと一緒に巻かれていた。

「これ、食べやすくていいね。野菜もたっぷり取れるし」

同じように生春巻きを食べる右近も、この料理を気に入ったようだ。

「えびを入れるか悩んだのだが、ここは潔く野菜のみでまとめてみたのだ。そのほうが、餃子を味わう邪魔にならんと思ったのでな」

「うんうん。餃子の箸休めに丁度いい感じだよ」

左近が、箸休めとはいえないくらいパクパク生春巻きを食べている。彼の食べっぷりは、見ていて気持ちいいくらいである。

ダイエットを意識せねばと思いつつも、おいしそうに食べる顔が好きだからつい色々作ってしまう……そんな音子のジレンマがちょっぴり理解できる気がした。

「いや～、朋代ちゃんが羨ましいな。こんなにおいしいごはんを作ってもらって、しかもお酒まで用意してもらえるんだもん。幸せ者だね～」

お酒のおかわりを注ぎながら、右近がしみじみした様子で言った。

「そうね、否定しないわ」

ふたりがいなければ、主に朋代の食生活は惨憺たるものになっていただろう。実際、ハガミが居候する前は、何もかも適当に済ませていたのだ。

「つまり朋代ちゃんのお婿さんになる第一条件は、家事ができるってことかー」

「ごぶっ」

思わず口に含んだ酒を噴き出しそうになってしまって、慌てて飲み込んだ。

「突然なんですか！　お婿さんは関係ないでしょ⁉」

「いやいや真面目な話。結婚相手が家事力ゼロな男は無理でしょ？」

「そ、それはまあ、何もできないっていうのは困るけど」

ぽりぽりと頬を掻く。ガラにもなく照れてしまう。自分から婚活の話をするのは問題ないのに、人に言われると恥ずかしくなってしまうのだ。

「うーん。でも、ハガミさんほどのエキスパートになるのはさすがに無理そうだし、朋代ちゃんの婚期が遅れている理由がわかった気がするよー」

「ちょっとそれどういう意味よ!?」

朋代は目を据わらせて怒り出す。右近はけらけら笑った。

「だってこんなにごはんがおいしくて、お部屋もピカピカで、洗濯も完璧な同居人がいて、しかもタダ酒作ってくれる同居人もいるってなれば、なんかもうそれだけで順風満帆じゃない。ふたりがいれば寂しくもないし、結婚する気も失せるだろうな〜ってね」

ぐぬぬっと朋代の顔が強張る。

それはまあ、なんとなく自覚していたことである。

だって現状なんの不満も抱いていない。仕事で疲れ果てて帰ると、アラヤマツミが出迎えてくれて、ハガミのあたたかいごはんが待っている。さらにお酒も飲める。それだけで心が満たされる。家の中はいつも綺麗で、洗濯したものはいつもピンと伸ばされてシワひとつない。

ハガミの完璧すぎる仕事ぶり。なんだかんだと癒やされるアラヤマツミの人柄。

それにすっかり慣れてしまっている自分がいる。もはやふたりのいない生活が想像できないくらいに、馴染んでしまっている――。

だが、朋代は慌てて首をぷるぷる横に振った。

この思考は危険なのだ。現状に落ち着いてしまったら自分は一生結婚できない。

結婚が人生のすべてとは言わないが、大事なファクターであることも事実なのだ。子供だっていつかは欲しいし。

「そっ、そんなことないわ。結婚できるチャンスがあったら逃すつもりはないもの。こう……いい感じの出会いさえあれば、首根っこを摑んででも！」

ぐぐっと拳を強く握りしめる。

「なんでそうおぬしの婚活への意欲は、妙に攻撃的なのじゃ」

「実際、首根っこを摑まれたら、だいたいの男は逃げそうだよね」

アラヤマツミが呆れたように言って、左近は苦笑いをした。

「へえ、いい感じの出会いねえ。なるほど」

右近は意味深な笑みを浮かべながら頷き、うまそうに酒を飲む。

そんな彼をハガミがうさんくさそうに見つつ、デキャンタから酒を注いでこくりと飲んだ。

「古来より狐の妖怪に騙された者の話はよく耳にしていたが、実物を見ると、なるほどこれは騙す顔だなと思わざるを得ないな」

「あっ、ひどーい！　それ妖狐に対する名誉毀損！　本来妖狐っていうのは純朴で一途な性格なんだからね！」

「お前が言ってもなんの説得力もないなあ……」

力説する右近に、左近ががっくりと肩を落としてボヤいた。

最終章 ある晴天の日、柔らかな雨が降る

寒い冬が過ぎて、また春がやってくる。

年を追うごとに、一年が早く過ぎ去る気がするなあと朋代は思った。子供のころは、もっと長く感じていたはずなのに。

早朝――。電車に乗って会社に向かう。いつもと同じ道。毎年変わらぬ景色。

「あら、雨だ」

駅を出ると、小雨が降っていた。

空を見れば蒼天(そうてん)。爽やかなほどのスカイブルーと、ふわふわした白い雲。美しく咲き誇る桜が、小雨と一緒に花びらとなって散っていった。

なんだか幻想的な景色だ。

「確か、天気雨って言うんだっけ」

お天気が良いのに雨が降ることを指す言葉だ。

「またの名を、狐の嫁入り……」

ぽそりと呟く。つい右近の妖しげな笑みを思い出してしまい、朋代は首を横に振った。

彼とは、秋の『たたりさま騒動』以来一度も会っていない。

というか、もう会わなくてもいいかなと思っている。愉快で楽しい人ではあるのだが、あの人と会話していると調子を崩されっぱなしになるのだ。向こうのペースに呑まれるという言い方が正しいのだが、とにかく疲れる。

「って、なにはともあれ雨じゃん！　もう朝から何なのよー！」

朋代は慌てて走り出した。

アスファルトの濡れた匂い。水しぶきをあげて走る車。

晴れているのに雨だなんて、とんだ災難である。

朋代は全速力で会社に到着し、朝から疲労感を覚えヘトヘトになりつつ、リサーチ部のオフィスに入ってデスクに鞄を置いた。

「あー、仕事する前からめっちゃ疲れた〜」

椅子に座ってデスクにぐったり伏せっていると、コーヒーの入った紙コップを持った八幡が「おっはよー」と声をかけてきた。

「おはよ」

「ねえねえ、大ニュースよ。今日から営業がひとり入ってくるんだってー」

「それのなにが大ニュースなのよ」

朋代が勤める会社は常に人材不足なので、基本的に他社からの転職は大歓迎の姿勢である。春に限らず、いつでも新入社員が入ってくる。

「それがね〜、朝、ロッカーで拾った噂によると、すっごいイケメンなんだって！」

「ほう」

朋代に負けず劣らずメンクイな八幡がはしゃぐほどなのだ。よほど整った顔をしているのだろう。

「何歳くらいなの？」

「営業事務が言うには、二十代後半から三十代前半って感じらしいよ。いいですなあ。ちょうどいい感じに脂が乗ってるご年齢ですなあ〜」

「そんな人をマグロやブリみたいに言って……。まあ、気持ちはわかるけどね」

旬というか、食べ頃というか、結婚適齢期というか。

「すでに営業事務や総務の独身女性はライオンの如く狩る体勢に入ってて、殺気立ってたよ。ガブッとやられる前に我らリサーチ部もはりきって爪を研いでおかねばっ」

「……前から思ってたけどこの会社の女性社員って、なんかこう、オフェンス特化のフォワード系が多いよね」

アラヤマツミやハガミがよく口を揃えて、朋代は婚活に関して攻撃的だと言ってくるが、それでもこの会社の中ではだいぶおとなしいほうではないか。

「まあとにかく、今日は全体朝礼で新人さんが挨拶するそうだから、楽しみだわ～！」

「そうね～」

その新人営業を狙うかどうかはともかく、イケメンというのは単純に目の保養になる。

それはそれで悪くないなと朋代は思った。

久々の全体朝礼。社員全員が集まる機会はそうあるものではない。基本的には正月明けと、創業記念日、そして新入社員が入った時くらいである。

そして、社長が長々と朝礼の挨拶をしたあと、噂の新人が紹介された。

（確かに顔がいいわ。あまり私の好みじゃないのが残念だけど）

その男は朋代と同い年か、少し上くらいだろうか。明るい茶髪を後ろに撫でつけた髪型は爽やかさがある。相貌がおそろしく整っているものの、目尻が垂れているところに愛嬌があった。

イケメンには二種類ある。近寄り難いイケメンと、馴染みやすいイケメンだ。笑顔の似合う彼は、明らかに後者。これは八幡や他の女性社員が騒ぐのも納得できる。

（でも、なぜかしら。妙に知ってる顔なのよね。誰に似てるんだっけ）

朋代は腕組みして悩む。ハガミでもない、アラヤマツミでもない、河野でもない……。

「では自己紹介をどうぞ」

営業部の部長に催促されて、新人社員は「はい」と頷く。

「狐野右近です。これからよろしくお願いいたします」

「あぁああ！　あんたはっ！」

ようやく該当する知り合いに思い至った朋代は思わず大声を上げてしまった。皆が驚いたように朋代を見て、カッと顔が熱くなる。

「す、すみません」

恥ずかしさのあまり、小さくなって謝った。しかし心の中ではずっと「なんで？」という疑問が渦巻いている。

あれは右近だ。ずいぶんと若い見た目になっているが、間違いなく左近の同僚であった狐野右近である。というか名前もまったく同じだ。

「……知り合いなのかね？」

営業部の部長が、不思議そうに右近に尋ねる。彼は爽やかな笑みを浮かべたまま首を横に振った。

「いえまったく。他人のそら似だったのでしょう。そうですよね？」

同意を求められた。朋代は内心悩んだ挙げ句、唇を引き締めてこくりと頷く。

「はい。似ている人がいたので、驚いたんです。失礼しました」

そう言わざるを得ない。だってどう説明しろというのだ。顔見知りだけど、前は四十代のおじさんだったんです……なんて、誰にも言えたものではない。

（いやいや、そんなことよりなんでウチの会社に転職してんのよ。え、つまり前の会社辞めたってこと？　なんで？　意味わかんないし！）

朋代が混乱しているうちに朝礼は終わって、仕事の時間が始まった。


昼休みになって、朋代は屋上のベンチに座り、膝に載せていた弁当箱を開ける。

朝は小雨が降っていたが、昼にはすっかり止んでいて、ベンチも乾いていた。

「なんか妙なことになっちゃったなあ」

せめて部署が違っていて良かったと思った。リサーチ部と営業部はフロアが違うし、仕事で打ち合わせることはあるけれど、逆に言えば用事がない限り接点はない。

しかし、なんだか午前中だけで心身ともに疲れ果ててしまった。こんな時はおいしいハガミの弁当を食べて気分転換するのが一番である。

朋代はいちばんのお気に入りである、ふわふわの卵焼きを箸で取った。

「あむっ」

ニコニコ顔で口いっぱいに頬張った瞬間、横から頬をツンとつつかれる。

「ほびゅ!?」

びっくりして変な悲鳴が出た。慌てて横を見ると、意地悪そうな笑みを浮かべた右近が隣に座っていた。

「ほびゅ、だって。可愛いな〜。もしかして朋代ちゃんって天然さん？」

「そんなわけないでしょ。誰だって食事中にちょっかいを出されたら変な声出ますよ！」

朋代が怒ると、右近は「ごめんごめん」と、たいして悪いことをしたとも思っていなそうな調子で謝った。

「いやー、いい雰囲気の会社だね。やっぱり古い企業よりベンチャー企業のほうが活力があるなあ。社長も若めだし」

「社長って確か五十歳くらいだったと思いますけど」

五十歳は若いと言えないのではないか。しかし右近はからからと笑って「充分若いじゃない」と言った。

「それにしても朝は驚きましたよ。なんでウチに来たんですか」

「前の会社はそろそろ潮時だと思ってたからねえ。勤続年数が長くなると、色々面倒臭くなるんだよ。人間関係のしがらみもできやすいし、仕事で責任を伴うことも増えるし」

なんというか、その思考は社会人としてどうなのかと朋代は思った。しかし給料がさほどアップするわけではないのに昇進して責任ばかり負わされるケースもあるのだ。それなら部下を持たない平社員のままのほうが気楽だと思うのもわかる。

「なんで前と見た目が変わってるんですか？　秋に会ったころはもっと年食ってましたよね？」

すると右近はにんまり笑う。そして自分の手ですっと顔を隠したあと、ふたたびその顔を見せた。

「……！」

朋代は目を丸くする。その顔は間違いなく秋に左近の会社で出会った右近だったのだ。

彼はクスクス笑いながら、若いほうの顔に戻す。

「前に言わなかったかな。妖狐の変化は自由自在。狸にも負けないよ。まあやりすぎると自分自身の顔を忘れちゃうから、今はせいぜい年齢を変えるくらいだけどね」

「はあ。じゃあどうして若い見た目に変えたんですか？」

「ええ～そんなの決まってるじゃん。こっちのほうが朋代ちゃんの好みかな～と思ったからだよ。アラフォーもいいと思うんだけど、いまひとつ反応が悪かったじゃない？」

「い、いや、それはアラフォーがどうとかじゃなくて……」

朋代は疲れた顔をしながら、どう言ったものかと悩む。見た目の問題というより中身の問題のほうが大きいのだが、どう言えば納得してくれるのだろう。

すると右近は「あっ」と何かに気づいたように手を叩いた。

「もしかして女の子のほうが好みだった？」

「なんでそうなるんですか。違いますよ」

「そっかー。お色気たっぷりの大人なお姉さんならワンチャンあるかなって思ったけど、違うのかあ〜」

「ワンチャンもありませんってば、もうー！」

朋代はちょっと怒った声を出したあと、はあとため息をついた。

やっぱり疲れる。もしこんなやりとりが毎日続くなら、心労が胃に来そうである。

「いや〜実際のところ、前の会社は飽きてたんだよね」

「はあ」

もうあんまり相手にしないようにしよう。朋代は生返事をしながらパクパクと弁当を食べる。

「左近はいい遊び相手だったけど、所帯持ってからすっかり落ち着いちゃってさー。張り合いがないっていうか、いつまでたっても落ち着きがないとか説教されるし」

「はあ」

左近の気持ちがとてもわかる。むしろ何百年と、よくこんな右近と腐れ縁でいたものだ。

「そんな時に朋代ちゃんが現れたんだよ。いや〜渡りに舟とはまさにこのことだよね」

右近は腕組みしてうんうんと頷いた。朋代は無心でタコさんウィンナーを食べる。

「妖怪ってバレても問題ない人間なんてそれだけでレアなのに、朋代ちゃんはつつけば騒ぐ面白い性格していて、からかっても楽しいし、単純明快な性格は実に味わい深くて」

「ちょっと待てえい！」

さすがに聞き捨てならない。朋代が横を向いてクワッと目を見開くと、右近は『してやったり』と言いたそうな笑みをニンマリ浮かべた。

「ほら、つつけば騒ぐ」

「ぐっ……！」

悔しい。死ぬほど悔しい。

朋代はプイッと前を向き、おにぎりを食べた。

「ねえそれ、もしかしてハガミさんの手作り？　すごいなあ、お弁当も作ってくれるんだ。マメな天狗だな〜。天狗といえば偉そうにふんぞり返ってるイメージしかなかったから、驚きだよ」

「はーくんをそんじょそこらの天狗と一緒にしないでくれる？　めちゃくちゃ有能なんだからね！」

他の天狗は知らないのだが、朋代はおかかのおにぎりを頬張りながら怒った。

「おいしそうだなあ。ひとつ欲しいな」

「絶対あげない」

「そう言わずに」

右近は目にも留まらぬ速さで朋代の弁当箱から卵焼きをひとつ奪った。

「ああっ！　最後のお楽しみにしていた卵焼きなのに〜！」

「あはは、言うことが本当に可愛いね。ふむふむ……うまい！　前にごちそうになった時も思ったけど、ハガミさんって料理上手だなあ。誰に教わったんだろ。もしかして独学？」

「知りません！」

朋代は残りの弁当の具は絶対に渡さんとばかりに彼に背を向けて弁当を食べ進める。

(はーくんはお料理を河野くんから習ったみたいだけど、そんなの言う義理ないもんね)

それに、他の妖怪とも知り合いなんて話をしたら、たちまち『会ってみたい!』とか『どんな妖怪なの?』とか、根掘り葉掘り聞かれそうである。

朋代は思わずため息をついた。

「あっ、傷ついちゃうな〜。そんな疲れたため息つかないでよ。左近みたいだよ」

「誰が左近さんですかっ!」

せっかく気分転換に屋上でおいしいお弁当を食べようと思ったのに、いろいろ台無しである。しかし、と朋代は思った。

(うちの会社に右近さんが転職したこと、マツミくんにはしばらく黙っておこう……)

どんな妖怪もウェルカム態勢だったアラヤマツミが、右近に対してだけは過剰に嫌がっているのだ。朋代と同じ会社に勤め始めたと聞いたら、長い胴体が蝶々結びになるほど暴れて怒り出しそうである。

「俺、最近料理教室に通い始めたんだよね。ハガミさんを見ていたらさ、やっぱこれからの時代、モテ要素として家事能力は欠かせないな〜って思ったんだよ。ねえ聞いてる?」

なんだか仕事のストレスが前以上に溜まりそうだなあと、朋代は蒼天を見上げて、遠い目をした。

「そうしたら、料理教室に通う女の子がね、花嫁修業のつもりで通ってるって話してたんだよ。言うことが可愛いよね〜。だから俺も花婿修業なんですよ〜なんて言ったら、すごく笑われて。あ、でも誤解しないでね、別に連絡先を交換はしてないから。俺はこう見えて結構一途なんだよ。そこは安心してほしいなあ〜」

朋代が相槌を打たなくとも、勝手に喋り続ける右近。

はあ〜と長いため息をついて、朋代はからになった弁当箱の蓋を閉めた。

「……お願い助けて。マツミくん、はーくん」

こんなにも切実に、あのふたりに助けを求めたことがあっただろうか。

いや、なかったな、と朋代は思った。

この物語はフィクションです。
実在の人物、団体等とは一切関係がありません。
本作は、書き下ろしです。

桔梗楓先生へのファンレターの宛先

〒101-0003　東京都千代田区一ツ橋2-6-3　一ツ橋ビル2F
マイナビ出版　ファン文庫編集部
「桔梗楓先生」係

あやかしトリオのごはんとお酒と珍道中
～幻月夜のひと騒ぎ～

2021年10月20日　初版第1刷発行

著　者　　桔梗楓
発行者　　滝口直樹
編　集　　山田香織（株式会社マイナビ出版）　定家励子（株式会社imago）
発行所　　株式会社マイナビ出版
〒101-0003　東京都千代田区一ツ橋2丁目6番3号　一ツ橋ビル2F
TEL　0480-38-6872（注文専用ダイヤル）
TEL　03-3556-2731（販売部）
TEL　03-3556-2735（編集部）
URL　https://book.mynavi.jp/

イラスト　冬臣
装　幀　小松美紀子＋ベイブリッジ・スタジオ
フォーマット　ベイブリッジ・スタジオ
ＤＴＰ　富宗治
校　正　株式会社鷗来堂
印刷・製本　中央精版印刷株式会社